叶嘉莹

迦陵談詩二集

生活·讀書·新知 三联书店

Simplified Chinese Copyright © 2016 by SDX Joint Publishing Company.
All Rights Reserved.
本作品中文简体版权由生活·读书·新知三联书店所有。
未经许可，不得翻印。

著作财产权人：ⓒ 三民书局股份有限公司
本著作中文简体字版由三民书局股份有限公司授权生活·读书·新知三联书店有限公司在中国境内（台湾、香港、澳门地区除外）独家出版。
本著作中文简体字版禁止以商业用途于台湾、香港、澳门地区散布、销售。
版权所有，未经著作财产权人书面授权，禁止对本著作中文简体字版之任何部分以电子、机械、影印、录音或其它方式复制或转载。
著作权合同登记号：图字 01-2016-1961

图书在版编目（CIP）数据

迦陵谈诗二集/叶嘉莹著．—北京：生活·读书·新知三联书店，2016.6
ISBN 978-7-108-05614-6

Ⅰ.①迦… Ⅱ.①叶… Ⅲ.①古典诗歌－诗歌研究－中国 Ⅳ.① I107.22

中国版本图书馆 CIP 数据核字（2015）第 310912 号

责任编辑	王 竞
装帧设计	蔡立国
责任印制	徐 方
出版发行	生活·讀書·新知 三联书店
	（北京市东城区美术馆东街22号 100010）
网　址	www.sdxjpc.com
经　销	新华书店
印　刷	河北鹏润印刷有限公司
版　次	2016年6月北京第1版
	2016年6月北京第1次印刷
开　本	880毫米×1092毫米 1/32 印张 7.25
字　数	145千字
印　数	0,001-8,000 册
定　价	38.00元

（印装查询：01064002715；邮购查询：01084010542）

目 录

1　钟嵘《诗品》评诗之理论标准及其实践

32　关于评说中国旧诗的几个问题

84　《人间词话》境界说与中国传统诗说之关系

120　中国古典诗歌中形象与情意之关系例说
　　　从形象与情意之关系看"赋"、"比"、"兴"之说

156　纪念我的老师清河顾随羡季先生
　　　谈羡季先生对古典诗歌之教学与创作

203　略谈多年来我对古典诗歌之评赏及感性与知性之结合
　　　《迦陵谈诗二集》后叙

钟嵘《诗品》评诗之理论标准及其实践

钟嵘《诗品》乃是中国文学批评史中第一部评诗的专著，在开始讨论这一本书的内容理论之前，我想我们应该先对作者写作本书之年代及其写作之动机略加介绍。

根据《诗品序》所云："其人既往，其文克定，今所寓言，不录存者"的话来看，可见《诗品》中所论及的作者皆当是已去世之人，《诗品》中曾录有沈约，而沈约卒于梁武帝天监十二年[①]，故《诗品》之成书必在天监十二年之后。就当时之时代背景言之，则南朝诸帝王莫不爱好文学，影响所及，故作家莫不各逞才华纷纷致力于辞藻及声律之美的研求，在这种风气之下，钟嵘的《诗品》一方面表现了矫正风气重视内容情意的深远的用心，一方面却也未免受时代风气

---

① 《梁书》卷一三《沈约传》。

之影响，对于一些文辞较为质朴的作者降低了对他们的品第的高下①。

至于《诗品》一书之写作动机，则据其序文所言："今之士俗……庸音杂体人各为容，……观王公缙绅之士，每博论之余，何尝不以诗为口实，随其嗜欲，商榷不同，……喧议竞起，准的无依。近彭城刘士章俊赏之士，疾其淆乱，欲为当世诗品，口陈标榜，其文未遂，感而作焉。"从这些叙述来看，可见钟嵘撰写此书之动机乃是有见于当世写诗之作者虽众，而对诗之评价却没有一定之标准，因而乃想要为诗歌定出一个品评的标准，把诗人分别出高下的品第来。像这种品第高下的观念，实在曾受了魏晋以来九品论人的影响，与沈约之《棋品》、庾肩吾之《书品》②等，都同样是这种风气之下的产物。

《诗品》之内容当然主要乃是品第诗人之高下，而对之分别加以批评的按语。除此以外他也对一些较重要的诗人做了一番推源溯流的工作。关于他所做的这两件工作，过去虽曾受到不少赞美，但也曾受到不少批评。先就推源溯流一方面来讲，《诗品》所曾加以品评的诗人共有一百二十二人，钟嵘对其中三十六个较重要的作者，都曾分别指出其渊源流派，而一一上溯，则归源于《诗经》及《楚辞》两大主流。

---

① 如陶潜之列于中品，曹操之列于下品，一则被钟嵘目为"质直"，一则被钟嵘称为"古直"。
② 沈约《棋品》今佚，《全梁文》存《棋品序》一卷，见严可均辑《全上古三代秦汉三国六朝文》，《全梁文》卷三〇。

对此种推溯加以赞美者如章学诚在其《文史通义》中即曾云："《诗品》之于论诗……专门名家勒为成书之初祖也……《诗品》思深而意远……深从六艺溯流别也，论诗论文而知溯流别，则可以探源经籍，而进窥天地之纯，古人之大体矣，此意非后世诗话家流所能喻也。"① 又如陈延杰《读诗品》亦曾云："《诗品》既为三十六人溯厥师承，使后世得以探其源而寻其流者，钟氏之功也。"② 傅庚生《诗品探索》亦曾云："记室持历史的观点以论诗，故首明其流变。"③ 至于对钟嵘这种推溯觉得不满意的，则如《四库全书总目提要》即曾云："其论某人源出某人，若一一亲见其师承者，则不免附会耳。"④ 谢榛《四溟诗话》也曾说："钟嵘《诗品》专论源流，若陶潜出于应璩，应璩出于魏文，魏文出于李陵，何其一脉不同邪。"⑤ 这两种不同的见解，实在分别道出了《诗品》在推源溯流这一方面的长处与缺点。先就其缺点来说，则任何一个诗人在阅读前人之作品时，当然都不免或多或少会受到一些影响，其所受之影响既不必只限于一人，则除非有极特殊的有意模仿之情形，如果便断言说某人源出于某人，当然有时

---

① 章学诚：《文史通义》，内篇五《诗话》。
② 陈延杰：《读诗品》，载《东方杂志》第二三卷，页一〇六，商务印书馆，上海，一九二六年十二月。
③ 傅庚生：《诗品探索》，见《中国文学批评家与文学批评》册一，页四一，一九七一。
④ 《四库全书总目提要》卷三九，《诗文评类》一，页九四，商务印书馆，上海，一九三三。
⑤ 谢榛：《四溟诗话》卷二，页五上下，见丁仲祜辑《历代诗话续编》本。

就不免有过于主观武断之弊,而其长处所在,则是这种推源溯流的探讨,可以对诗歌之发展建立起一种历史性的观念。钟嵘此书,其所品评者原以历代之五言诗为主,而从他的序文中便已开始了对五言诗句的追溯①。他之重视历史之发展的观念,乃是显然可见的,这种观念对于诗歌之品评实在极为重要,因为无论任何时代任何作家的作品,都唯有放在历史的发展中才能看出他在继承和开展中的真正成就与价值,而且也唯有将一个作家与另一些风格近似的作家相比较才能判断出他们真正的高低上下来,所以钟嵘评诗对重要作者所做的追源溯流的工作,实在应该是极值得重视的。至于钟嵘之所以不免为后世所讥评,则主要实在是因为钟嵘对其所提出的渊源流派缺乏理论客观的说明,这种理论性的欠缺,一则既不免使读者对其所分别之渊源,不易完全了解和接受,再则也不免使他自己在推源溯流之际,因乏客观理论之标准而不免有流于主观武断之弊,这一点实在不仅是钟嵘《诗品》的缺点,也正是中国文学批评的一般通病。

再就其品第高下来讲,《诗品》所录,列在上品者,除无名氏古诗外计共十一人,列在中品者,计共三十九人,列在下品者,计共七十二人。关于他所分别的品第,历代以来也曾受到过不少批评,王世贞《艺苑卮言》即曾云:"迈(顾迈)、凯(戴凯)、昉(任昉)、约(沈约),滥居中品,至魏

---

① 《诗品序》首举夏歌"郁陶乎予心",楚谣"名余曰正则",以为乃"五言之滥觞"。见陈延杰《诗品注》,页一,商务印书馆,香港,一九五九。

文不列乎上，曹公屈居乎下，尤为不公。"①王士禛《渔洋诗话》亦曾云："钟嵘《诗品》余少时深喜之，今始知其踳谬不少，……乃以刘桢与陈思并称，以为文章之圣，夫桢之视植，岂但斥鷃之与鹍鹏邪？又置曹孟德下品而桢与王粲反居上品……位置颠错，黑白淆讹，千秋定论，谓之何哉？"②关于这种批评，后世也有不少人曾为钟嵘做过辩护，如《四库全书总目提要》就曾驳王士禛之说云："近时王士禛极论其品第之间多所违失，然梁代迄今，邈逾千祀，遗篇旧制，十九不存，未可以掇拾残文定当日全集之优劣。"③傅庚生在其《诗品探索》一文中，亦曾云："至于三品升降，钟氏亦尝自云'差非定制'，而变裁陟黜，当已煞费平章，品张华诗云：'置之中品疑弱，处之下科恨少，在季孟之间耳。'其审而慎也可见一斑，故知凡所论列，心必有存，非出率尔，偶有不当后人意处，多缘时尚不同。"④从这些话看来，他们为钟嵘辩护的理由大约有以下三点：一则是钟嵘在当年所据以品评的诗人的作品，有的已经散失不全，自难以据今日之遗篇残卷，定钟嵘品第之得失；再则是钟嵘之品第亦非绝对"定制"，陟黜高低虽不能尽如人意，但在钟嵘则已极为审

---

① 王世贞：《艺苑卮言》卷三，页一一下，见丁仲祜辑《历代诗话续编》本。
② 王士禛：《渔洋诗话》卷下，页二下，见丁福保辑《清诗话》本。
③ 《四库全书总目提要》卷三九，《诗文评类》一，页九四，商务印书馆，上海，一九三三。
④ 傅庚生：《诗品探索》，见《中国文学批评家与文学批评》册一，页二三—二四。

慎;三则是因为各时代之风尚不同,对诗歌之品第自不免有不同之标准,亦难以据后世之标准,论钟嵘品诗之得失。以上三则理由,自然都可以成立,何况每一位读者的趣味与修养都有所不同,如果各持己见的话,恐怕对诗人高下之品评千古也难以下一定论。因此我们所当做的实在并不是争论其品第的高低,而是要根据《诗品》中的各种评述,为钟嵘所区分的源流品第找出一些可以据信的理论和标准来。

说到钟嵘品诗的标准,首先我们从他的序文来看,其中最可注意的,乃是他在开端所提出的"气之动物,物之感人,故摇荡性情,形诸舞咏"之说。从这段话来看,可见钟嵘所认识的诗歌,其本质原来该是心物相感应之下的发自性情的产物,由此引申,所以他反对平淡的说理的诗,以为"永嘉时贵黄老,稍尚虚谈,于时篇什,理过其辞,淡乎寡味";又反对用典,说:"至于吟咏情性,亦何贵于用事?'思君如流水'既是即目,'高台多悲风'亦惟所见,'清晨登陇首'羌无故实,'明月照积雪'讵出经史?观古今胜语,多非补假,皆由直寻。"又反对声病格律的严格拘束,说:"使文多拘忌,伤其真美,余谓文制本须讽读,不可蹇碍,但令清浊通流,口吻调利斯为足矣。"从这些话来看,可见他对诗歌的品评,主要乃是重在心物感应的一种性情的表现,这从他所标举出的一些例证也可得到证明,如其所云:"若乃春风春鸟,秋月秋蝉,夏云暑雨,冬月祁寒,斯四候之感诸诗者也。嘉会寄诗以亲,离群托诗以怨。至于楚臣去境,汉妾辞宫;或骨横朔野,或魂逐飞蓬;或负戈外戍,杀气雄边；塞客衣单，孀闺泪尽；或士有解佩出朝，一去忘返，女有扬蛾入宠，再盼倾国。凡斯种种，感荡心灵，非陈诗何以展其义？非长歌何以骋其情？"从这些例证不仅可以看出他所赞赏的乃是心物交感的性情之作，而且其所谓心与"外物"的相感，实在乃是兼有外界之时节景物与个人之生活遭际二者而言的。

此外从《诗品序》中，我们还可看出钟嵘评诗的另一标准，那就是诗歌之表达方式的问题，《诗品序》中曾经有一段话说："故诗有三义，一曰兴，二曰比，三曰赋。文已尽而意有余，兴也；因物喻志，比也；直书其事，寓言写物，赋也。宏斯三义酌而用之，干之以风力，润之以丹采，使味之者无极，闻之者动心，是诗之至也。若专用比兴，患在意深，意深则词踬；若但用赋体，患在意浮，意浮则文散。嬉成流移，文无止泊，有芜漫之累矣。"从这一段话看来，可见钟氏对于诗歌之表达方式，乃是主张"比兴"与"赋"体兼用，"风力"与"丹采"并重的。关于比兴与赋体兼用的主张，实在与钟嵘对于诗歌内容本质的体认有密切的关系，因为如我们在前一节之所言，钟氏既曾提出过"气之动物，物之感人，故摇荡性情，形诸舞咏"之说，又曾经举出过时节景物及身世遭际与诗歌之密切关系，如此则在表达方式上自然就不免要兼用以心物感应为主的比兴之体与抒写叙述为主的赋体了。

至于说到"风力"与"丹采"并重，则首先我们该辨明的实在该是"风力"二字之所指，从钟氏之以"风力"与"丹采"并举来看,可见"风力"原来该是与所谓"丹采"之指外表的辞藻雕绘相对立的,也就是说"风力"该是属于诗歌之内容本质的一种东西。再从《诗品》一书本身来看,其言及"风力"者除去此一句外,在序文中还有一句说:"爰及江表,微波尚传,孙绰许询桓庾诸公,诗皆平典,似《道德论》,建安风力尽矣。"此外在中品论及陶潜诗的时候,也曾经说过"又协左思风力"的话,因此我们要想了解"风力"二字的含义,就不得不对这几句话一加检讨。先从"建安风力尽矣"一句话来看,钟嵘在此句之前,原曾说过"永嘉时贵黄老,稍尚虚谈,于时篇什,理过其辞,淡乎寡味……诗皆平典,似《道德论》",然后才说"建安风力尽矣",由此可见"风力"与诗歌中平淡说理的内容也是相反的,如此,则"风力"既然与"丹采"所指之辞藻相对,又与平淡说理之内容不同,则"风力"一词自然当指诗歌中既不关于辞藻也不完全关于内容的另外一种质素。有人因为在这两段话中,钟氏所用之"风力"一词,一则与"丹采"对举,一则与平典说理对举,似乎不能一致,因此就把这两处的"风力"解释作不同的意思,如李树尔在《论风骨》一文中,即曾经举钟氏这两段话加以解释说:"钟嵘在《诗品》中说'干之以风力'……他把'风'称为文章的骨干。"又说:"钟嵘认为在刘琨郭璞之后'建安风力尽矣',这就是说他又把'风'看成了文学潮流。"①李树尔的这种解说有两点不妥之处,第

---

① 李树尔:《论风骨》,见《文学遗产增刊》第一一辑,页三六。

一，他不该把"风力"一词简称为"风"，又将之随便附会为"骨干"或"潮流"之意，因为在中国文学批评中像这种抽象概念的批评术语，如"风"、"风力"、"风神"、"风骨"、"风采"等，一字单用，或二字连用，其含义原有种种之不同，每一种不同的组合都暗示有不同的义界，我们虽可以在相互比较中得到一些参考的提示，却决不可以执此以说彼来强加附会。第二，这种抽象概念的批评术语，虽然因为缺乏明白之义界的理论说明，因此同一术语在不同的场合使用时，有时其义界也可以有多少出入之不同，可是如果是同一作者在同一篇作品中使用此同一术语，则其义界实不该有迥然相异的差别，因此在《诗品序》中先后出现两次的"风力"，决不可能如李氏之所云一指"骨干"一指"潮流"，而实在应该有某一种共同的义界才是。那么它所指的究竟是什么呢？从其不同于"丹采"来看，它该是不属于外表辞藻的某些关于诗歌之本质的东西，再从它之有异于平淡说理之内容来看，则它又必然该是诗歌中除去平实之内容以外的另一种质素。再从"风"字与"力"字之结合以及"干之以风力"的"干"字来看，则此种质素又必然是可以支持振起诗歌之效果的一种力量，那么这种力量究竟从何而来呢？要想对此加以了解，我想钟嵘在评陶潜诗时所说的"又协左思风力"一句大可以供我们参考之用。如果我们试取左思的诗一读，就会发现左思与太康其他诗人有一个极大不同之处，那就是其他诗人如三张二陆两潘之诗，尽管辞藻华美，然而有时却往往缺乏一种由心灵中感发而出的力量。钟嵘对此一点应该是有着深刻之体认的,如其评张华诗即谓"其体浮艳,兴托不奇",评陆机诗则谓其"气少于公干",评张协诗则谓其"巧构形似之言"。可见当时太康的诗人,一般多只不过是以辞藻之华美工巧取胜,而缺少一种由心灵中感发而出的力量。独其评左思诗,则称其"文典以怨,颇为精切,得讽谕之致"。他所说的"怨"及"讽谕"实在极值得我们注意,因为"讽谕"二字原来就是指由外物感发以比兴为喻托的表现方式,而其所谓"怨"则当是指诗歌中所喻托的一份内心的情思,可见左思的诗其长处乃在于有一种心物相感发的情思,如果我们再取陶潜诗一读便会发现陶潜诗在内容与风格各方面虽然都与左思有很多不同,可是他们二人的诗却有一点根本上相似之处,那就是陶潜的诗也具有一种由内心感发而出的力量,所以钟嵘评陶潜诗便也曾称其"辞兴婉惬",所谓"辞"当然是指其用以表现之文字,而所谓"兴"则正是指诗歌中一种心物相感发的感动,"婉惬"则是说陶潜的诗可以用文字把这种感动表达得婉转惬当恰到好处。从以上我们自《诗品》本书中所举的例证来看,其所谓"风力"应该是指一种由心灵中感发而出的力量当是可信的。何况"风"字本身无论就大自然之现象言,或者就中国文学传统对此一字之使用而言,原来也都有着感动发生的意思,而且这种解说与钟嵘在《诗品序》开端所标举的"气之动物,物之感人,故摇荡性情,形诸舞咏"的观点也完全相合,所以我们把"风力"解说成为一种"由心灵中感发而出的力量"应该是不错的。因此我们可以下结论说钟嵘对诗歌之表达,乃是主张比兴与赋体兼用，而且除了须注意"丹采"的润饰外，还需要具有一种"风力"，也就是由心灵中感发而出的力量以支持振起诗歌之表达效果，这是钟嵘在《诗品序》中所提出的有关诗歌之表达的另一项重要标准。

以上我们既然从《诗品》的序文中对于钟嵘品诗的重要理论与标准有了大概的认识，现在我们就将取其对个别诗人之品评来一加探讨。

第一点我们要提出的乃是钟嵘对于诗歌中感情内容尤其是哀怨之情的重视，这种情形在上品的几则品评中尤为明显，如其评古诗谓其"意悲而远，惊心动魄"，评李陵诗谓其"文多凄怆，怨者之流"，评班婕妤诗谓其"怨深文绮"，评曹植诗谓其"发愀怆之词"，评阮籍诗谓其"颇多感慨之词"，评左思诗谓其"文典以怨"。在上品的十二则评语中，竟有七则之多皆涉及感情哀怨之内容，则钟嵘对诗歌中感情内容之重视自可想见。

第二点我们要提出的乃是钟嵘对于诗歌中之"气"、"骨"、"风"等质素的重视，如其评曹植诗，谓其"骨气奇高"，评刘桢诗谓其"仗气爱奇，动多振绝，真骨凌霜，高风跨俗"，评陆机诗谓其"气少于公干"，评刘琨诗谓其"自有清拔之气"。

第三点我们所要提出的乃是钟嵘对于比兴讽谕的重视，如其评左思诗谓其"得讽谕之致"，评嵇康诗谓其"托谕清远"，评张华诗谓其"兴托不奇"，评颜延之诗谓其"情喻渊深"。

第四点我们所要提出的乃是钟嵘对于辞采声音等属于文字之美的重视，如其评古诗谓其"文温以丽"，评曹植诗谓其"辞采华茂"，评刘桢诗谓其"雕润恨少"，评陆机诗谓其"才高辞赡，举体华美"，评潘岳诗谓其"翩翩然如翔禽之有羽毛，衣服之有绡縠"，评张协诗谓其"辞采葱菁，音韵铿锵"，评谢灵运诗谓其"丽典新声，络绎奔会"。

从以上四点来看，可以说钟嵘在个别诗人的品评实践方面，乃是与他在序文中所提出的理论及标准完全互相应合的。第一点对感情内容的重视与他在《诗品序》开端所提出的"摇荡性情，形诸舞咏"之对诗歌本质要以性情为主的说法既相应合，而其重视哀怨之情则更与他在序文中所举之"托诗以怨"的作品如"楚臣去境，汉妾辞宫"等例证相应合，至于第三点对比兴讽谕的重视，则也与他在序文中所提出的重视心与物之相感应而在表达时当以比兴与赋体兼用的主张相应合，第四点之重视辞藻声音等文字之美与第二点之重视"气"、"骨"、"风"等诗歌中一些其他之质素，也与他在序文中所提出的既需"润之以丹采"也需"干之以风力"的主张相应合，只不过有两点需要略加说明之处。

其一是钟嵘在《诗品序》中虽曾说过"润之以丹采"的话，却也曾提出过反对用典与反对声律之说，可是钟氏在对于个别诗人的实践批评中，却曾明白地对谢灵运之"丽典新声"加以赞美，关于这一点我们可以仍举钟氏对谢灵运的评语来做说明。当他论及谢灵运诗时，原曾提出过"尚巧似，颇以繁富为累"的批评，可是其后又说："嵘谓若人兴多才高,寓目辄书,内无乏思,外无遗物,其繁富宜哉。"可见工巧繁富一类喜用典故的诗篇,原来只要有"兴多才高"的长处,可以驱使繁富的事典,就也未尝必不可以用典。再者钟氏虽反对声律,但其所反对者原来只是齐梁间新兴起的四声八病等过于严格的拘束,而他对于自然的声调之美,所谓"清浊通流口吻调利"的诗篇却原是赏爱赞美的。因此王忠在《钟嵘品诗的标准尺度》一文中便曾经特别提出过钟嵘的主张得"中"的文学观[①],以为无论就内容言,就形式言,或就风格言,钟嵘都主张不可以有过与不及之弊,而应该求其得"中",因此钟嵘对用典和声律的看法实在乃是相对的,而不是绝对的,这是我们所须加以说明的第一点。

其次钟氏在《诗品序》中曾经提出过对于"风力"的重视,"风力"原是除了内容及文字以外,另一种足以支持振起诗歌之表达效果的力量,这我们在前面已曾经加以说明过了。至于钟嵘在个别诗人的实践批评中,所提出的"气"、"骨"、"风"等词,与"风力"之义界虽然并不全同,可是它们却同样也都是有关诗歌之表达效果的另外一些质素,与"风力"也大有相通之处。不过在序文中总称之为"风力",而在个别品评时则分别或称之为"气"为"骨"为"风"而已,只是我在前面论及"风力"时既已曾说过这些抽象概念的批评术语,一字独用或二字连用时之义界原来并不能尽同,因

[①] 王忠:《钟嵘品诗的标准尺度》,载《国文月刊》第六六期,页二六—二八,开明书店,上海,一九四八。

此我们便不得不对"气"、"骨"、"风"等词与"风力"一词之关系及其义界之同异略加说明。

在中国的文学批评中，一个极大的特色原来就是特别喜爱使用这些抽象概念的批评术语，而一般的习惯用法，则是将一个抽象概念的名词批评术语与一个抽象概念的形容词批评术语相结合，如在我们前面所举的例证中，其评曹植诗称其"骨气奇高"，"骨气"是名词，"奇高"则是形容词，评刘桢诗称其"仗气爱奇"，"气"是名词，"奇"是形容词，又称其"真骨"、"高风"，"骨"和"风"是名词，"真"和"高"是形容词。又评刘琨诗称其"自有清拔之气"，"气"是名词，"清拔"是形容词。从这些例证中，我们实在可以归纳出一个结论，就是在中国文学批评中，这些抽象概念的批评术语，其名词一类大多指文学中所具含之某种质素，而形容词一类则大多指由这些不同质素而形成的不同风格，其所予读者之不同的感受。现在就让我们先探讨一下《诗品》中所提出的"气"、"骨"、"风"等词，其所指的究竟是诗歌中的哪些质素。先说"气"字，"气"字原是中国文学批评中所最为习用的一个批评术语。关于文学中的"气"，有人往往溯到《孟子》中的"养气"之说[①]，孟子所说的"浩然之气"无疑的乃是指一种精神的作用。其后曹丕《典论·论文》则开始提出"气"字以论文学，他曾说："文以气为主，气之

[①] 郭绍虞：《中国文学批评史》上册，页二四—二五，商务印书馆，上海，一九三四。又罗根泽：《周秦两汉文学批评史》，页五七—五八。

清浊有体，不可力强而致。"①又曾以"气"字批评当时之作者说："徐干时有齐气。"又说："孔融体气高妙有过人者。"②又在《与吴质书》中说："公干有逸气，但未遒耳。"③从这些"气"字的使用看来，其所指者约可分为两类之不同，一种是"气之清浊有体"及"孔融体气高妙"的"气"字，这一类"气"字，应当是指因每人之禀赋修养不同，其精神本体所表现之不同的气质，故大多与"体"字连言。另一种如"齐气"、"逸气"等，则是指不同之精神气质透过作品所表现的不同的风格，这种风格之形成又与作者所使用之文字语气等有相当重要之关系，因此后世遂又发展成为韩愈的"气盛则言之短长与声之高下者皆宜"④的文章气势之说。这是在中国文学批评中"气"字所指之一般的几种义界。至于"骨"字与"风"字之所指，则最好的一篇参考资料，就是较钟嵘时代略早的刘勰《文心雕龙》的《风骨篇》，在《风骨篇》中，刘勰首先提出"风"字来加以解释说："诗总六义，风冠其首，斯乃化感之本源，志气之符契也。"⑤如果从《诗经》六义来解释"风"字，则其意自当以"感化"为主，所以刘勰乃云"斯乃化感之本源"，不过当"风"字普遍用于一般文学批评之时，则其含义便已经不限于六义的政治教化的感化之义，而

---

① 《文选》卷五二，页五上，胡克家重刊宋淳熙本。
② 同上书，页四下。
③ 《文选》卷四二，页六下。
④ 韩愈：《答李翊书》，《韩昌黎全集》卷一六，页一一，中华书局四部备要本。
⑤ 《文心雕龙》，页一〇九，世界书局，上海，一九三五。

应该有着更为广义的"感化"之义了,这种"感化"实在应该兼指外物与作者心灵间相触发的一种感动,与作者表现于文字中的一种足以使读者感动之力量而言,所以刘勰在《风骨篇》中便又曾说过"怊怅述情,必始乎风"及"情之含风犹形之包气"①等话,也就是说文学中所表现的感情,首先必须具有这一份真正感动的力量。感情中须具有这种感动的力量,正像人之形体必须具有呼吸气息才是一个有生命的人一样,如果没有这种感动的力量,则文学中所表现的感情,便也只不过是一具僵死的尸骸而已,所以"风"字在中国文学批评中,一般当指一种感动的力量,至于"风"字与别的字相结合,如"风格"、"风调"、"风采"、"风神"等词,则孳衍相生,可以产生许多不同的意思,不过在基本上大致还保有一种以流动活泼之精神为主的意味而已。

此外刘勰在《风骨篇》中也曾对于"骨"字有所解说,云:"沉吟铺辞莫先于骨,故辞之待骨如体之树骸。"②从这段话来看,所谓"骨"者,实在应当是指文辞所依附的一种重要的骨干。这种骨干应该乃是以内容情意为主,以作品之结构为辅所形成的。而情意与结构又必得用文辞来表现和组织,所以刘勰乃又云:"结言端直则文骨成焉。"③如果只有美丽的辞藻而没有充实的内容和严谨的结构,则如刘勰所云:

---

① 《文心雕龙》,页一〇九,一一〇。
② 同上。
③ 同上。

"瘠义肥辞、繁杂失统，则无骨之征也。"①所以"骨"字该是指情意结构而言的。

以上我们既然对"气"、"骨"、"风"等字在中国文学批评中一般的用法有了大致的了解，现在我们再回头检讨一下这三个字在《诗品》中的用法，就可以发现曹植之所以被称为"骨气奇高"乃是指其诗歌之内容情意以及其精神之表现于声吻气势之间者，都有过人之处。刘桢之"仗气爱奇"，则是指其好以气势取胜，不喜平实之铺叙，至于"真骨凌霜，高风跨俗"则是指其情意之真、风力之高都有超越流俗之处。至于陆机之被评为"气少于公干"则是因陆机的诗辞藻虽然华美，可是却缺少一种感人的气势。而刘琨诗之被称为"有清拔之气"则正是指刘琨诗中所表现的一种清劲挺拔的气势。

至于"气"、"骨"、"风"三者与"风力"的关系则自当以"风"字与"风力"之关系最为密切。"风"字指一种感发，"风力"则是由一种感发所生出的力量，所以刘勰在《风骨篇》之开端虽然单举"风"字，可是在《风骨篇》的结尾刘氏却曾以"蔚彼风力严此骨鲠"为说，以"风力"一词来代替"风"，以"骨鲠"一词来代替"骨"，可见"风"与"风力"乃是确实有着相通之处的。至于"气"字，则本来虽以精神作用为主，但精神作用表现于外时也自然会形成一种力量，所以刘勰在《风骨篇》中就也曾经说："索莫乏气，则

---

① 《文心雕龙》，页一〇九，一一〇。

无风之验也。"① 也就是说精神气势不足便不足以产生感动人的力量,可见"气"与"风力"也是有着相通之处的。至于"骨"字虽以情意结构为主,可是充实的情意,精严的结构也可以产生一种力量,所以刘勰在《风骨篇》中也曾说过"鹰隼乏采而翰飞戾天,骨劲而气猛也"②。可见"骨"与"气"与"风"在其可以有动人之力的一点上乃是可以相通的,因此我们也就可以明白钟嵘在对个别诗人之实践批评中,虽然曾经分别举出了"气"、"骨"、"风"等三个批评术语,代表诗歌中之三种不同质素,可是在《诗品序》中却只提到"风力"一词来与"丹采"对举,那便正因为"风力"一词所提示的感动人的力量可以概括精神气势与情意结构等各种感人之力的缘故,所以钟嵘《诗品》中极值得注意的一点实在乃是他对于平典之内容及华美之辞藻以外的一种诗歌中感人之力量的重视。

除去以上我们所提出的钟嵘在个别批评之实践中与其序文之理论标准可以相配合的几项要点以外,还有一点,我们也愿提出来略加说明的,那就是他在批评之实践中,对于抽象的风格常喜欢用一种具体的意象来作为喻示,如其评潘岳诗曾引李充《翰林论》云:"翰林叹其翩翩然如翔禽之有羽毛,衣服之有绡縠。"又引谢混之言曰:"潘诗烂若舒锦,无处不佳,陆文如披沙简金,往往见宝。"又

---

① 《文心雕龙》,页一〇九,一一〇。
② 同上。

评谢灵运诗云:"譬犹青松之拔灌木,白玉之映尘沙,未足贬其高洁也。"又评颜延之诗以之与谢灵运做比较,而引汤惠休之言曰:"谢诗如芙蓉出水,颜如错彩镂金。"又评范云及丘迟诗云:"范诗清便宛转,如流风回雪;丘诗点缀映媚,似落花依草。"从以上这些例证来看,其中有一点极值得我们注意的,就是除去其中评谢灵运诗及评范云丘迟诗这两则评语以外,其他的一些意象化的评语,钟嵘实在都是从他人的评述转引而来。这种辗转引述的现象可以说明一种情形,那就是这种以具体之意象来喻说诗之抽象风格的品评方式,在当时必然颇为风行,而这种品评方式,实在与钟嵘之以三品评诗一样,也同样是魏晋间九品论人之风气下的产物。这种风气的影响,我们可以从《世说新语》中看出明显的痕迹来。如《世说·德行篇》载郭林宗论黄叔度之言曰:"叔度汪汪如万顷之陂,澄之不清,扰之不浊。"①又如《赏誉篇》载:"世目李元礼,谡谡如劲松下风。"②又载王戎称王夷甫:"太尉神姿高彻,如瑶林琼树。"③像这一类的例证,在《世说》中真是不胜枚举。可见自东汉魏晋以来,用具体之意象来品评人物殆已蔚成风气。这种风气之产生,自然有其历史方面的社会背景,其源盖起于东汉朋党之清议,迄于曹魏既定九品中正

---

① 《世说新语》卷上之上,页一下,中华书局四部备要影印明刻本。
② 同上书,卷中之上,页三五上。
③ 同上书,页三七下。

之制，遂使清议逐渐成为合法化，而自正始以来，清议又逐渐转为超现实的清谈，所以对人物的品评，便也在这种清谈的士大夫群中，养成了一种以美丽的语言、具体的意象来品题人物的风气，而且这种品题，更逐渐有了自品题人物发展及于品题文学的趋势。如《世说·文学篇》即曾载孙兴公评曹辅佐之言曰："曹辅佐才如白地明光锦，裁为负版绔，非无文采，酷无裁制。"[1]又载其评潘岳陆机之言曰："潘文烂若披锦，无处不善，陆文若披沙简金，往往见宝。"[2]而钟嵘《诗品》在评潘岳诗时便也曾经引用这一则评语，不过钟嵘未言及孙兴公之名，而以为此一评语乃出于谢混之言。古直在《钟记室诗品笺》中曾经以为"仲伟以为益寿之言，岂益寿祖述兴公邪"[3]。此外，钟嵘所引汤惠休评谢灵运及颜延之的评语，据《南史》颜氏本传则以为乃鲍照之言[4]。古直《诗品笺》亦曾云："岂照有是语，而惠休袭之邪。"[5]其实无论是否谢混祖述孙绰之言，汤惠休亦袭鲍照之言，而钟嵘又引述二家之言。总之由这种评语之被辗转引用的情形来看，也已足可见其渊源所

---

[1] 《世说新语》，卷上之下，页二七下。
[2] 同上书，页二六上。
[3] 古直：《钟记室诗品笺》，页一〇，一九六八年影印本。
[4] 《南史·颜延之传》载："延之尝问鲍照己与灵运优劣，照曰：'谢五言如初发芙蓉，自然可爱；君诗若铺锦列绣，亦雕缋满眼。'"见《南史》卷三四，列传第二四，页五上，上海涵芬楼影《百衲本二十四史》。
[5] 古直：《钟记室诗品笺》，页二五。

自，与其为当时人所传论爱好之一斑了。而自钟嵘把这种品评方式在《诗品》中加以明显地应用之后，于是这种以具体化之意象来喻示抽象之风格的办法，遂成为了中国文学批评传统中一种颇可注意的特色，如唐代司空图之《诗品》便曾经把诗歌区分为二十四种不同的风格，而分别各以一些不同的意象来作为喻示。除此以外，唐代之论古文也喜用这种意象化的品评，如皇甫湜之《谕业》便是全以意象化的喻示来品评当代古文家的一篇作品[①]。至于宋代古文家之论文，诗评家之评诗也往往仍用这种意象化的品评方式[②]，直到近代王国维《人间词话》之论词如其以"画屏金鹧鸪"、"弦上黄莺语"及"和泪试严妆"等词句之意象来分别喻示温庭筠、韦庄及冯延巳诸词人之风格[③]，便也依然是此种批评方式的承袭沿用。这种批评方式可以说有其长处也有其缺点。先从其长处来说，意象式的喻示全以触发读者的直觉感受为主，而诗歌之特质也原以感性为主，所以对诗歌之了解和传达，如果借用意象化的喻示，无疑的便也最能保存诗歌之本质，使诗歌之整体生命和精

[①] 皇甫湜：《谕业》，见《皇甫持正文集》卷一，页四，商务印书馆四部丛刊初编本。

[②] 如苏轼《文说》自评其文如"万斛泉源"，见《经进东坡文集事略》卷五七，页三三五，商务印书馆四部丛刊初编本。又如严羽《沧浪诗话》论诗曾以"羚羊挂角"为喻，又评李白杜甫诗喻之为"金鸡擘海，香象渡河"，又评孟郊贾岛之诗喻之为"虫吟草间"，见郭绍虞《沧浪诗话校释》，页二四，一六二。

[③] 王幼安校订：《人间词话》，页一九五。

神，由直觉感受的触发而达到一种生生不已的效果，于是这种意象化的品评其本身同时也就具有着一种诗意的美感，这可以说是这一种批评方式的长处所在。至于其缺点所在，则是全无理论的根据也全无客观的标准，评诗人对其所提供之意象乃全凭一时主观之感受，如此则其所提供之意象的喻示便不一定会完全切当，而读诗人对其所喻示的风格，当然也就更不一定都有切当之了解，而如果追究起来，则又全无客观理论可以作为争辩解说的依据。这种模糊影响的通病，乃是这种批评方式的一个最大的缺点，即以钟嵘所提出的这几则意象化的喻示来说，陈衍在其所著《钟嵘诗品平议》中便曾经提出说："以潘为'烂若舒锦，无处不佳'，吾斯之未能信。"[①]叶梦得在《石林诗话》中也曾提出把谢灵运的诗比作"初日芙蕖"的品评，说："灵运诸诗可以当此者亦无几。"[②]可见这种意象化的品评，如果全无理论的说明，则尽管极其精妙，也仍是不易使读者完全了解和同意的，因此我们便将对钟嵘的这几则评语略做尝试性的说明。

首先我们该提出的是钟嵘虽有时引用前人的一些评语，但却并不代表他对于前人的评语完全同意，即如其引李充《翰林论》及谢混之言来评审潘岳诗，钟嵘就并不完全同意

---

① 陈衍：《钟嵘诗品平议》，见《中国文学批评家与文学批评》册一，页八六。
② 叶梦得：《石林诗话》卷下，页一〇上，何文焕辑《历代诗话》本。

他们二人的品评，现在先把《诗品》中这一节评语的全文录下来：

> 晋黄门郎潘岳诗，其源出于仲宣，翰林叹其"翩翩然如翔禽之有羽毛，衣服之有绡縠，犹浅于陆机"。谢混云："潘诗烂若舒锦，无处不佳，陆文如披沙简金，往往见宝。"嵘谓益寿轻华故以潘为胜，翰林笃论，故叹陆为深。余常言："陆才如海，潘才如江。"

从这段话已可看出这种品评方式之未免易于流入主观，重内容思考者以陆为深，重辞藻文采者以潘为美，不过一般言之则潘岳与陆机之诗盖同为太康时代诗人偏重辞藻之风气下之作品。不过，潘之辞藻虽美而内容思考不及陆之深广，而陆虽深广却有时又不免芜漫，所以李充与谢混之评语可谓各有所见，钟嵘只不过引二者之说加以折中之论而已。

其次再看钟嵘所引的汤惠休对谢灵运与颜延之二家的评语，这一则评语被钟嵘引在颜延之诗的评语之下，可见钟氏主要盖在引此说以评颜，而并不在引此说以评谢。我们试取颜谢之诗一读，就会发现颜谢之诗实在都以厚密工绮见长，不过谢诗往往有极耸拔或极自然之句挺出其间，颜既少此一股耸拔自然之气乃但余绮密之工矣，这大概就是谢之所以被称为"出水芙蓉"，而颜则被喻为"错彩镂金"的缘故。不过谢灵运诗也并不是每篇每句皆能如"出水芙蓉"，所以叶梦得乃云，"灵运诸诗可以当此者亦无几"，因此钟嵘也并不曾引此语以评谢，只不过以之为评颜延之诗的一个陪衬而已。

至于钟嵘自己对于谢灵运诗的评语，则是"譬犹青松之拔灌木，白玉之映尘沙，未足贬其高洁也"。这实在是二句绝妙的比喻。因为如我们在前一节之所叙述，谢灵运诗之佳处固正在能于厚密工绮之中时见耸拔自然之气，正如钟嵘所云："颇以繁芜为累，……然名章迥句，处处间起，丽典新声，络绎奔会。"如果将其繁冗芜漫之处比作"灌木"、"尘沙"，则其"名章迥句，处处间起，丽典新声，络绎奔会"之处，岂不就正是拔于"灌木"中的"青松"，和映在"尘沙"中的"白玉"？所以钟嵘乃又在此比喻之后加上一句说："未足贬其高洁也。"也就是说谢灵运诗虽然有如"灌木"、"尘沙"的繁冗芜漫之处，也不能减少其如"青松"、"白玉"一样之"名章迥句"及"丽典新声"所表现出的一种耸拔杰出的光彩。钟嵘所举出的这一个意象化的喻示，对于谢灵运诗来说，实在是极为贴切适当的。

最后我们再看一看钟嵘对于范云与丘迟二家诗所提出的评语："范诗清便宛转，如流风回雪；丘诗点缀映媚，似落花依草。"傅庚生《诗品探索》，对此二语曾极为称赏，既云："此记室品诗神来之句也。"又云："品范云诗'如流风回雪'，丘迟诗'似落花依草'，寥寥数字传出二子诗之胜境。"[1]

---

[1] 傅庚生：《诗品探索》，见《中国文学批评家与文学批评》册一，页六一—六二。

钟嵘这二句评语实在可以说是在中国文学批评中以具体之意象来评诗的典型代表。第一，其所举之意象明白真切；第二，在举出意象之前有简洁扼要之概念的说明；第三，其概念与意象相配合之喻说能适切恰当地掌握住所批评之作品的风格。范云与丘迟诗时代较晚，都曾受齐梁间重视辞藻声律之风气的影响，古意渐失，虽无深厚博大之内容，然而音节婉转，文字纤丽，正如大自然中之有"流风回雪"、"落花依草"之景物，虽乏高山大川雄伟奔放之姿，然而亦自有其优美纤秀足以使人赏爱之处，此所以钟嵘此二句评语所举之意象虽美，然而范云与丘迟诗却只能列于中品之末，而不能与于上品之内也。

从以上我们对钟嵘《诗品》的分析看来，我们大约可以将其批评理论与批评实践归纳为以下几点来加以概括的结论。

第一，在诗歌之内容方面钟嵘主张以心物相感之感情内容为主，至于感人的外物则兼外界之时节景物与作者之身世遭际而言，像这种重视心与物的相感而以"吟咏性情"为主的论诗标准，在中国实在有其极为悠久的传统，在《书经·舜典》中即曾有"诗言志"[1]之说，虽然《舜典》写作之时代经近人之考证乃后世之伪托[2]，不过诗以"言志"为主

---

[1] 《尚书》卷三，页二六上，阮元校勘《十三经注疏》，嘉庆二〇年江西南昌府学本。

[2] 顾颉刚：《从地理上证今本尧典为汉人作》，《禹贡》半月刊二卷五期，页二一一四，一九三四年十一月。

的观念却应该是产生得极早的。如《左传》襄公二十七年载赵文子告叔向即曾云"诗以言志"①,《庄子·天下篇》亦曾有"诗以道志"②之言,《荀子·儒效篇》也曾说:"诗言是其志也。"③《礼记·乐记》亦曾云:"诗,言其志也。"④而且根据《诗》三百篇中,诗人对于写作诗歌的自叙来看,也早已就有了这种以"言志"为主的倾向,如《魏风·园有桃》篇即曾云:"心之忧矣,我歌且谣。"⑤《小雅·何人斯》篇亦曾云:"作此好歌以极反侧。"⑥《四月》篇亦曾云:"君子作歌,维以告哀。"⑦从这些例证,我们都可看出中国古代诗歌中以吟咏性情为主的这种"言志"的传统。虽然后代论诗的人把"言志"曾经区分为"圣道之志"与"性情之志"⑧的不同,其实这在中国古代的诗歌中,原来是并没有严格区分的,即如《文心雕龙·明诗篇》,也但云:"人禀七情应物斯感,感物吟志莫非自然。"而并未曾对"志"做任何区分。因为诗篇除了可以抒写个人之悲欢喜怒之情以外,在这种情感的表

---

① 见《左传》襄公二七年,竹添光鸿《左传会笺》,页三九,一九六一年影印本。
② 郭庆藩:《庄子集释》卷一〇下,页二下,思贤讲舍刊湘阴郭氏本。
③ 梁启雄:《荀子柬释》,页八九,太平书局,香港,一九六四。
④ 《礼记·乐记》,卷三八,页一二下。阮元校勘《十三经注疏》,嘉庆二〇年江西南昌府学本。
⑤ 同上书,《诗经·魏风》,卷五,页六上。
⑥ 同上书,《诗经·小雅》,卷一二,页一八下——一九上。
⑦ 同上书,《诗经·小雅》,卷一三之一,页一八下——一九上。
⑧ 见罗根泽:《周秦两汉文学批评史》,页四九。

达中，原也可以反映时代之治乱安危以及诗人自己的怀抱和理想，所以"言志"的传统不仅由来已久，而且"言志"的观念也应该是非常广义的。即以《诗》三百篇而言，其中既有个人吟咏性情之作，也有对时代美刺之作，然而《毛诗序》却曾总论《诗》三百篇说："诗者，志之所之也，在心为志，发言为诗。"① 可见《诗经》中的诗篇原都是以广义的"言志"也就是"吟咏性情"为主的。至于较《诗经》稍晚的《楚辞》一书，则就其主要的作者屈原之作品而言，实在更都是以"吟咏性情"为主的，所以钟嵘《诗品序》即曾特别提出以屈原之被放逐之遭际为主的"楚臣去境"之作品，作为其所标举的"摇荡性情，形诸舞咏"的足以"感荡心灵"的代表作之一种。司马迁在《史记·屈原列传》中亦曾云："屈平疾王听之不聪也，谗谄之蔽明也，邪曲之害公也，方正之不容也，故忧愁幽思而作《离骚》，《离骚》者犹离忧也。"②又说："屈平正道直行竭忠尽智以事其君，谗人间之可谓穷矣，信而见疑忠而被谤能无怨乎，屈平之作《离骚》，盖自怨生矣。"③

从《诗经》和《楚辞》的例证，我们不仅可以看出钟嵘所标举的吟咏性情的诗歌传统，而且也可以看出他在感情内容方面特别重视"怨"情的渊源之所自，更可以因此而了

---

① 《毛诗序》，《诗经》卷一之一，页五上，阮元校勘《十三经注疏》，嘉庆二〇年江西南昌府学本。
② 《史记》卷八四，页一，上海涵芬楼影《百衲本二十四史》。
③ 同上。

解钟嵘《诗品》在推溯源流一方面何以将所有诗人之作品都一一上溯而总归之于《诗经》与《楚辞》二大主流的根本原因之所在。至于他在推源中又分别为《诗经》与《楚辞》二者之不同的缘故,则主要该是由于二者风格之不同。《诗经》与《楚辞》虽然就内容本质言都不外乎"感荡心灵"的性情之作,可是《诗经》之风格较为纯朴,《楚辞》之风格较为绮艳,《诗经》之抒情较为蕴藉,《楚辞》之抒情较为激扬,这应该是这两大源流的主要不同之点。至于在《诗经》一派中,钟氏虽大多推其源于《国风》,唯对阮籍一人则又以为出于《小雅》,关于这种分别,在近人黄节所著的《阮步兵咏怀诗注》的序文中,有二段话颇可供为参考,黄氏云:"钟嵘有言,嗣宗之诗源于《小雅》,……今注嗣宗诗,开篇鸿号翔鸟徘徊伤心,视四牡之诗'翩翩者鵻,载飞载下,集于苞栩,王事靡盬,我心伤悲'抑复何异,嗣宗其《小雅》诗人之志乎。"[①]此外黄氏之友人诸宗元之序文,亦曾云:"若阮公之诗,则《小雅》之流也,忧时愍乱,兴寄无端。"[②]从这些话我们都可看出,钟嵘之所以独以阮籍诗为出于《小雅》者,乃是因为阮籍诗中所表现的忧时念乱之感独深,与《小雅》之风格为近,与《国风》中一般诗歌之但抒写个人之性情遭际者稍微有所不同的缘故。至于钟氏《诗品》对于其中三十六位作者所做的推源溯流的工作,虽然后世评者对之也

---

① 黄节:《阮步兵咏怀诗注·序》,页三—四。
② 同上书,页一。

颇有微词，不过一则《诗品》所评之作者，其全集多有已散失不全者，我们自然也就难以其佚散仅存的篇章来推断其源流之所自出，再则对于抽象之风格的源流影响之追溯，究竟难免主观之见，如果我们要对其彼此之影响一一强加附会之判断，也未免嫌于多事，所以我们现在也就不对各家源流一一辨析，而仅提出其推源溯流中的《诗经》与《楚辞》两大主干，来借以说明钟嵘论诗之独重"吟咏性情"之作亦复其来有自而已。

钟嵘论诗除去"吟咏性情"之内容外，另外还有两点要素，我们在前面也曾讨论过的，那就是对于"风力"与"丹采"的重视，所以在《诗品》上品的十二则品评中除去以前所举出的七则都曾涉及情感内容的评语外，此外钟嵘在品评中曾涉及有关"风力"的"气"、"骨"、"风"等评语的有四则，涉及有关"丹采"之辞藻声音者有六则，而此三者彼此间之关系则是内容之"情性"既须要有"风力"为之振起，又须借"丹采"为之表达，而其配合运用，则更须要切当适中无过与不及之弊。关于钟嵘这种论诗的标准，我们在《诗品》中可以找到一个最好的例证，那就是他在上品中对曹植的品评，钟嵘曾极力称赞曹植的诗说，"譬人伦之有周孔，鳞羽之有龙凤，音乐之有琴笙，女工之有黼黻"；而曹植诗之所以如此被推崇的缘故，如果从钟氏本身的话来看则正是因为曹植的诗，一则有"风力"，所谓"骨气奇高"，再则有"丹采"，所谓"辞采华茂"，三则更兼有一分如《小雅》之怨诽而不乱的情感内容，所谓"情兼雅怨"。而除去此三项要素外，更有一点可贵的，则是曹植的诗在内容与外表二方面配合之适当，所谓"体被文质"，所以我们举出"性情"、"风力"与"丹采"为钟嵘评诗之三项要素，以及要求"得其中"的标准，应该是不错的。

至于在这三项要素以外，还有一点钟嵘也非常重视的，则是"比兴讽谕"在诗歌中之作用，因为比兴讽谕的作用正是一种感动触发的作用。这种作用可以分作两层来看，第一步乃是"气之动物，物之感人"的诗人的感发作用，第二步乃是"使味之者无极，闻之者动心"的读者的感发作用，而这种感动触发的作用也正是诗歌的生命之所在，所以中国的诗论一直有着极为悠久的比兴讽谕之说的传统。不过可惜的是中国自《毛诗》的比兴之说开始，往往过于着重对于政教的美刺，好牵附事实来勉强立说，却反而把心与物相感应以及自意象引发联想这一点最基本的诗歌的感发作用忽略了。钟嵘在《诗品》中对于诗人的品评虽然也曾提出"比兴"的重要，看重诗人之有"讽谕之致"，并以"托谕清远"为美，然而却能不为牵强比附之说，而只单纯自感发作用一方面，掌握了中国诗歌之比兴讽谕的传统，这一点是颇为值得我们重视的，而且如果单纯只就其感动触发之作用言，则这种感动的力量实在也正是"风力"之所由生，如此我们才能看出钟嵘论诗既重视诗歌中之"性情"、"风力"、"丹采"三项要素，同时也重视"比兴"之作用，其间原来也正有一种整体性的关系。

总之，钟嵘《诗品》初看起来虽然颇难掌握其理论与品评之标准，然而仔细研读则会发现钟氏此书实在不仅有源流有品第，而且也有他自己用以推溯源流和品第高下的理论与标准。尽管后世之人对其所推之源流所品之高下的意见不能完全赞同，但是他对于诗歌的一套理论与标准在中国诗论的传统中，则仍是极可重视的。希望本文的研讨对于读者们在了解《诗品》之理论与标准方面能有一些小小的帮助。

关于评说中国旧诗的几个问题

在中国文学的古代遗产中,我们所保有的最丰富的一项遗产,无疑的乃是中国的旧诗。虽然因时代的演进,现在年轻的一代写作旧诗的人,已经一天比一天减少,可是注意到旧诗的价值,想用新方法新理论来对中国旧诗重新加以评析和估价的作者,却在一天比一天增加。在这种写作之人日少,而评说之人日增的两歧的发展下,有一些颇值得我们反省和思考的问题,那就是我们的生活、思想以及表情达意、用词造句等等的习惯方式,既都已远离了旧有的传统,而我们所使用的新方法与新理论,又大都取借于西方的学说和著作。在这种情形下,我们对旧诗的批评和解说,是否会产生某种程度的误解,这种误解又究竟应当如何加以补救,这些当然都是在今日此种两歧之发展下,所最值得反省思索的重要问题。

以前我在台湾虽曾讲授旧诗有十几年之久,也曾经写过一些评说旧诗的文字,不过当时我的讲课和为文,实在大多是以个人的兴趣为主,并未尝真正想到自己对旧诗的教学,该怎样负起传承的责任来。因为当时对于旧诗具有深厚修养及工力的前辈先生甚多,传承的责任自有贤者去负担,而我自己便乐得只选些自己喜爱的作品,在讲课和为文时,做一番任性自得的享受。但是自从出国以来,有时常会看到一些评说中国旧诗的西方著作,在理论及方法上虽然不乏新意,可是在真正触及到中国旧诗本身的评说时,却往往不免有着某些误解或曲解的现象。而且即使是在台湾的年轻一代的学者和同学们,近年来在他们所写的一些尝试以西方新理论来评说中国旧诗的文字中,在真正触及到诗意之解说时,也常不免有着某种偏差的现象。加之以近来又听说台湾许多前辈先生们都将先后退休,因之乃不免对中国旧诗传统之逐渐消亡颇怀杞人之忧。因此本文乃想一改我旧日纯以个人兴致来写作的态度,切实提出一些在评说中国旧诗时所当注意的重要问题,来试加讨论。不过因我一向就不是一个善用逻辑方法归纳和分析问题的人,也许我所能做到的便也只不过是提出一些问题来,以唤起大家对这一方面的注意而已。

1

在讨论问题以前,我想先提出来一谈的乃是中国旧诗之评说的传统,是否需要以西方的新理论来补足和扩展的问题。关于此一问题,我的答案乃是肯定的。我这样说,并不意指我对于传统评说的成就之否定或轻视，而仅在于我深觉因时代之不同，传统的评说方式已经不能完全满足今日读者的需要，可是外来的新理论却又决不能完全取代中国的传统批评，因此在想要把新理论融入中国旧传统以前，我们就势不可不对中国旧诗的评说传统先有一番认识。

中国说诗的传统，说起来实在是源远流长，其历代的学说演变自非本文所能尽，而且诸家之中国文学批评史俱在，也不需笔者更在此多作饶舌。本文现在所要提出来一谈的，只不过是中国说诗的旧传统中几点值得注意的特质而已。造成这些特质的原因，可分为语文方面的因素与思想方面的因素两点来谈。

先谈语文方面的因素。中国传统说诗的著作，其文字大多精练有余而详明不足，有笼统的概念而缺乏精密的分析。这种特色的形成，实在与中国语文的特性有极密切的关系。

中国的语文乃是以形为主，而不是以音为主的单体独文。在文法上也没有主动被动、单数复数及人称与时间的严格限制。因此在组合成为语句时，乃可以有颠倒错综的种种伸缩变化的弹性。再加之以中国过去又没有精密周详的标点符号，因此在为文时，便自然形成了一种偏重形式方面的组合之美，而忽略逻辑性之思辨的趋势。骈文之讲求整齐谐合的俪偶，散文之讲求短长高下的气势，便都是为了一则这种富于弹性的语文，本来就适宜于纯然形式之美的讲求，再则，也因为有了这种形式上的俪偶或气势，才能补足中国语文本来没有标点符号所造成的不便阅读断句的缺点。

这种语文的特性表现于中国的说诗传统，自然便形成一种偏重文字形式之美，而在内容上却只能掌握笼统的概念，且不长于精密之分析的结果。中国旧传统的说诗人，曾经极优美地发挥过这种语文特色，为我们留下了不少本身具有极高之文艺价值的文学批评著作。近年我在国外中国文学的班上，曾讲到几段陆机《文赋》和刘勰《文心雕龙》的译文。即使是通过英文翻译，还使不少外国学生对于中国古代作者能写出如此体验深微而文字优美的文学批评，赞赏不已。

不过就理论之分析来说，则中国的文学批评实在不及外国文学批评之富有逻辑之思辨性，乃是不可讳言的事实。即以《文赋》而言，其中有一段论及写作时意识之活动及其浮现为文字的经过，陆机曾写过如下的话说："浮天渊以安流，濯下泉而潜浸。于是沉辞怫悦，若游鱼衔钩而出重渊之深；浮藻联翩，若翰鸟缨缴而坠层云之峻。"又如《文心雕龙》论及神思与写作之关系时，刘勰也曾写过如下的话说："文之思也，其神远矣。故寂然凝虑，思接千载，悄焉动容，视通万里。吟咏之间，吐纳珠玉之声，眉睫之前，卷舒风云之色。"这种把抽象之思维化为具体而优美之意象的表现，以及整饬而和谐的音节句法，乃是中国文学批评家之所优为。

可是西方人论及创作的意识活动，则可以有意识、意识流、潜意识、集体潜意识等多种精微细密的理论分析。即使仅以他们所使用的这些富有逻辑思考性的术语，来与中国批评家所使用的具象的比喻及玄妙的"神思"等术语相比较，我们也足可以清楚地看到，中国与西方的文学批评在性质上之根本的差异了。

虽然西方的文学理论乃是就西方的文学现象所归纳出来的结果，并不能完全硬生生地把它们勉强应用到中国文学批评方面来，可是他们的研究分析的方法以及某些可以适用的术语，乃是有助于我们参考之用的。何况自白话文及标点符号通行使用以来，对于以白话文来写中国文学批评的文字，在精微的分析解说方面也有了不少方便之处。因之，如何来整理中国宝贵的古代遗产，使我们一方面能保存古代传统固有的精华，一方面能使之有理论化、系统化的补充和扩展，这当然是我们今日所当努力的工作。

再就思想因素方面来谈，则中国的说诗传统与中国民族固有的精神思想，实在有极密切的关系。在中国固有的思想中，自当推儒家与道家为二大主流，其影响及于后世者也最为深广。在中国文学批评方面，当然便也不免留下了受有这二派思想影响的明显痕迹。所以在中国文学批评史中，虽然一代有一代之流派，一家有一家之学说，可是大别言之，则在说诗的传统中却不得不推受儒家之影响而形成的"托意言志"的一派，与受道家之影响所形成的"直观神悟"的一派为二大主流。

儒家思想原是一种重视实践道德的哲学，所以当其影响及于文学批评时，便形成了"说理则以可实践者为真，言情则以可风世者为美"的一种衡量标准。因此说诗人乃经常喜欢在作品中寻求托意，并且好以作者之生平及人格为说诗与评诗的依据。这正是"托意言志"一派之所以盛行的主要原因。

至于道家思想则主要在于重视自然而摒弃人为,所以庄子既曾说过"得意忘言"的话,又曾经有过使"象罔"求"玄珠"的比喻,其影响及于文学批评于是遂形成了一种弃绝智虑言说而纵情直观的欣赏态度。更加以禅宗思想的流入中国,其"直指本心,不立文字"的妙悟方式遂与道家思想相结合,而更加强了中国说诗传统中"直观神悟"一派的声势。

以上两派说诗的主流实在各有其独特的长处,不过从现代文学批评的观点来看,则"托意言志"一派的拘执限制与"直观神悟"一派的模糊影响,当然也各有其不可讳言的缺点。

先就"托意言志"一派而言,中国自《诗经》《楚辞》以来,比兴讽喻之说可以说早就为此派奠立了悠久的历史传统。虽然西方现代的文学批评强调作品本身的重要而忽视作者的生平,以为作者之生平与作品之优劣并无必然之关系,这种论调就评价文学本身艺术之成就言,原是不错的。可是在读中国旧诗时,则对某些作者之生平及其时代背景之了解,却是非常重要的一件事。因为中国既有悠久的"托意言志"之传统,不仅说诗者往往持此以为衡量作品之标准,即是诗人本人,在作品中也往往确实隐含有种种志意的托喻。说诗的人如果忽略了这一点,在解说时就不免会发生极大的误解,从而其所评定的价值当然也就失去了意义。例如杨诚斋在其《朝天续集》中,载有题为《过扬子江》的两首七律,其第一首云：

> 只有清霜冻太空，更无半点荻花风。
> 天开云雾东南碧，日射波涛上下红。
> 千载英雄鸿去外，六朝形胜雪晴中。
> 携瓶自汲江心水，要试煎茶第一功。

这首诗如果只从表面来看，则前四句乃是写作者渡扬子江时所见的眼前景物，五六两句则因眼前景物而感慨当年六朝之盛衰，七八两句则是写他渡江之际，曾经汲水煎茶的一件闲事。就一般读者而言，对这首诗所得的印象大概是前四句写景，感受真切而气象开阔。五六两句，感慨古今，俯仰盛衰，也写得极为雄健有力。只有七八两句，却是从开阔的天地及千古的历史，一下子跌进了一件属于个人的"闲事"的叙写之中。过去颇有人以这二句为败笔，清代纪昀在《瀛奎律髓刊误》中就也曾批评"功"字韵一句以为"押得勉强"，因为"汲水煎茶"的事又有何"功"之可言。这种批评实在犯了一个极大的错误，因为作者杨诚斋此诗的重点及深意，原来却正在这末后的二句之中。纪昀又曾评此二句说："用意颇深，但出手稍率，乍看似不接续。"于是乃尝试加以解释说："结乃谓人代不留，江山空在，悟纷纷扰扰之无益，且汲水煎茶，领略现在耳。"纪昀毕竟是受过传统训练的人，所以仍能感觉到结尾的二句应该有颇深的用意，但可惜他对当时诚斋写作此诗的历史背景及地理背景，都未曾深考，因此才会误认为其"用意"只不过是感慨"人代不留，江山空在""且汲水煎茶，领略现在"而已。

其实杨氏此诗乃是作于南宋光宗绍熙改元的一年，当时他正在秘书监任上，奉命为全国贺正旦使的接伴使，《过扬子江》二诗便正是作于他奉命为接伴使的途中。而在渡江之际，可以遥望金山，所以他的另一首诗便有"一双玉塔表金山"之句。而根据陆游《入蜀记》卷一的记载，则在金山上原来建有吞海亭一座，乃是"每北使来聘，例延至此亭烹茶"的所在。明白了这些历史和地理的背景，然后我们才可以了解杨诚斋这二句诗的用意，决不是仅如纪昀说的什么"汲水煎茶，领略现在"的意思而已，而是别有一种身负接待北使之任命，虽然心怀羞愤，而又深觉其使命艰巨的双重感慨。而因此也可以推想到前面的"千载英雄鸿去外"二句，也决不是如纪昀所说的只是指"人代不留，江山空在"的浮泛的慨叹而已。近人周汝昌在其《杨万里选集》的序文中，便曾指出说："那两句明明是借古吊今。'千古英雄'指的就是绍兴年代乃至乾淳之际的刘、岳、韩、张诸位大将……'六朝形胜'指的就是'直把杭州作汴州'的南宋小朝廷，因为它也是偏安江左。"所以"汲水"、"煎茶"二句诗，实在乃是了解这首诗的重要关键所在。对于这种寄意深微的诗句，如果妄指为"出手稍率"以为是"败笔"，当然会是一种极大的误解。纪昀虽然以其旧传统训练而来的直觉，感受到此二句诗之"用意颇深"，可是他的解说却一样造成了另一种误解。

这个例证便恰好说明了中国旧日"托意言志"一派说诗传统的优点所在，也说明了它的缺点所在。因为从这首诗的历史背景、地理背景及作者的生平与这二句诗的关系来看，中国说诗的"托意言志"派的传统，乃是确有其不可忽视之重要性的，可是纪昀的误解却也说明了这一派的说诗人，所最容易犯上的横加猜测妄为指说的缺点。

纪昀所犯的错误，在于他虽然感到这二句该有"深意"，可是却并未能真正了解其深意所在，遂不免以己意为猜测之说。此外，更有一些说诗人则是硬想在本无深意的作品中，妄指其为有深意。例如陈沆《诗比兴笺》之以枚乘的生平来解说《西北有高楼》等几首古诗，张惠言《词选》之以韩范诸人的被斥逐来解说欧阳修的小词。这些作品，有时连作者谁属都尚且没有定论，则其强加比附的说法，又如何能使读者完全信服。

所以中国"托意言志"的说诗传统，虽然在评说旧诗时确实有其不可忽视的重要性，可是如果把一首诗的衡量和评说的依据，完全放在牵强比附的"托意言志"之标准下，而把一首诗本身的文字、意象及结构等种种分析评说的依据，完全置之不顾，那自然就不免会造成一种拘执狭隘的流弊，这种流弊无疑的乃是需要以西方的精密批评理论来为之纠正和拓展的。

其次，再说"直观神悟"一派而言。这一派与"托意言志"一派的批评方式，可以说乃是完全相反的。后者不惜深文周纳以求其句内之深意，前者则贵在超脱妙悟以体会其言外之神情。所以这一派说诗者的特色，实在乃是重在妙悟而不重在言传的。譬如世尊拈花，迦叶微笑，如果读者果然可以因说诗人之拈花的一点启示，乃一笑而顿悟，那么便自然可以进入佛门，得成正果，不然，则即使吃尽棒喝，恐怕也只好终身做个门外汉了。

由于如此，在理论上这一派说诗人的最高境界，实在乃是"不说"，而由读者自己去参悟。其次，不得已必要以言语传授的话，则也仅只提供一点启示而已。例如宋代著名的诗评大家严羽，其《沧浪诗话》一书开端所标举的便是"朝夕讽咏"、"自然悟入"的方法。至于其真正评诗的例证，如其评阮籍诗云："阮籍咏怀之作，极为高古。"评建安诗云："建安之作，全在气象。"评李杜诗云："李杜数公，如金鹗擘海，香象渡河。"像这种只举一二字的一个抽象的概念，或者只举一种意象来作喻示的评诗方法，在中国诗话词话中极为流行。如沈德潜之评李白诗所说的"大江无风，涛浪自涌；白云卷舒，从风变灭"。周济论韦庄词所说的："端己词清艳绝伦，初日芙蓉春月柳，使人想见风度。"降而至于近代的批评大师王国维在其《人间词话》中所说的"'画屏金鹧鸪'，飞卿语也，其词品似之"、"'弦上黄莺语'，端己语也，其词品亦似之"的一些评语，便也仍是中国传统的"直观神悟"一派说诗方式的继承者。

这一派之所以如此为人所乐道，主要应该是由于它所掌握住的乃是诗歌之整体生命和精神，而不是破坏生命和精神的枝节的解析。所以这一派所最常用的一种说诗方式，乃是取用一个富有暗示性的相似的意象来作为喻示，这种喻示是从心灵深处唤起的一种共鸣与契合，使诗歌整体的精神和生命，在评者与读者之间，引发一种生生不已的、接近原始之创作感的一种启发和感动。

如果以保全诗歌之本质来说，则无疑的这种"直观神悟"一派的诗说，实在较之字解句析的说诗方式有着更近于诗之境界的体悟。只可惜这种方式虽然高妙，然而却是"可为知者道，难为俗人言"的。这种说诗人的对象必须是一些对诗已有深刻体悟的足以唤起共鸣的读者，于是当他们读到了这种说诗人所提供的喻示，自然就会有一种"夫子言之，于我心有戚戚焉"的一种顿悟的欣喜。何况中国语言的特色原来也就是唯诗的、唯美的、不适于做逻辑分析的，中国的文人，又一向对于优美的文字较之精密的说理有着更多的偏爱。因之，在过去的传统中，说诗人与读诗人便可以从这种"直观神悟"一派的说诗方式中，同时享有一种对如"禅"的妙悟的会心，及对如"诗"之评语的赏爱的双重欣喜。

不过这种说诗的方式，实在隐含有两种缺点，其一是它既缺少理论的分析为根据，因此说诗人所提出的喻示，便只是凭他个人读诗所得的一点感受而已。如果确实是一位高明的说诗人，则自然可能提供给读者切合适当的喻示。反之，如果是一位并不高明的说诗人，则他所提出的喻示，岂不就往往有误把读者引入歧途的可能？而且说诗人的才力性情各有所偏，他可能对某一类作者及作品有较深之会意，因而提供了恰当的喻示,可是对另外的作品及作者,则因缺乏深入的了解而提供了错误的喻示。凡此种种,如果不能有充足的理论解说为依据,其模糊影响难以分辨真伪是非的弊病,乃是无可讳言的。再则,说诗的目的主要的该是指导未入门的读者,如果读者已与说诗者有了同样的"会心",则又何贵于说诗者的解说和提示。在这方面,无疑的这种模糊影响全无理论为依据的说诗方式,当然就不免会使一些缺少"会心"而亟待引导的读者难以满意。尤其在西方文学理论发展日趋于细密精微的今日,这种"直观神悟"式的说诗方法,有待于新学说、新理论的研析和补足,当然也是明白可见的。

中国说诗的旧传统的特质及其有待于新学说、新理论来为之开拓补足,既已如上所述。可见糅合新理论于旧传统之中,实在是当前从事中国文学批评所应该采取的途径,只是在接纳新学说新理论之时,却有几点必须注意的事项。第一,理论乃是自现象归纳而得的结果。中西文学既有着迥然相异的传统,则自西方文学现象归纳而得的与中国文学现象并不全同的理论,其不能完全适应于中国之文学批评,自不待言。这种相异,正如两个身材全然不同的女子,按照这个人体型所做的衣服,穿在另一个人身上,自然不能完全适合。可是体型虽然不同,然而剪裁制作的原理却又正有着某些共同的可以相通之处。如果不能从原理原则上着眼来对中国说诗的传统加以拓展和补足,而只想借一件别人现成的衣服来勉强穿在自己的身上,则一方面既不免把自己原有的美好的体型全部毁丧,更不免把借来的衣服扭曲得十分丑怪。这是当我们采用新理论来评说中国旧诗时,所当注意的第一点。

再则我们评说的对象既是中国的旧诗,就应当先对中国旧诗具有相当的了解,才不致在评说时产生重大的错误。在今日要想为中国旧诗的评说拓展一条新途径,最理想的人选当然乃是对旧诗既有深厚的修养,对新理论也有清楚的认识的古今中外兼长的学者。如果不得已而求其次的话,则对旧诗的深厚的修养实在该列为第一项条件。《战国策》载有季良谏魏王所说的一段比喻云:

> 今者臣来,见人于太行,方北面而持其驾,告臣曰:"我欲之楚。"臣曰:"君之楚将奚为北面?"曰:"吾马良。"臣曰:"马虽良,此非楚之路也。"曰:"吾用多。"臣曰:"用虽多,此非楚路也。"曰:"吾御者善。"此数者愈善,而离楚愈远耳。

用新理论来评说旧诗,有时也有相类似的情形。如果不能真正认清如何去了解旧诗的途径,则所应用的新理论越多,有时也不免会发生距离旧诗越远的现象。这是当我们采用新理论来评说中国旧诗时,所当注意的第二点。

以前朱自清批评民国初年新诗人之模仿法国象征派诗的流弊,曾经提出过"创造新语言的心太切","母舌太生疏",及"句法过分欧化"的几种缺点。现在的说诗人似乎也有着"引用新理论之心太切","对旧诗传统太生疏",及"思想之模式过分西化"的几种相类似的缺点。然而我们却也决不可因噎废食地便把这一条拓新的途径,认为不祥而妄加堵塞。因为中国文学批评之需要新学说新理论来为之拓展和补充,可以说是学术发展的必然趋势,这是任何人都无法加以阻遏的。唯一可以补救的方法,只有使这些勇于开新的有志之士,对自己可能发生的错误有较大的反省,对自己所忽略的旧传统有较深的体认。也许如此才不致把中国旧诗的评说导向歧途,而使之确实能得到博大中正而合理的拓展。

因此,本文在下面便想举出一些评说旧诗最容易犯的错误,来提供给说诗者作为参考。这些例证都只是一时偶然想到的,并未曾有意地做过搜集整理的工作。至于其中所举的例证,则取之古人之作品者有之,取之今人之作品者亦有之,取自中文作品者有之,取自英文作品者亦有之,而且其中有些作者,原是我平日所尊敬的极有成就的学者。不过疏失错误乃是任何一个人都不可能完全避免的,我所举的例证,既无损于他们所已有的成就,也丝毫未曾减少我对他们一向的敬意。只是为了避免一般读者的误会起见,所以在引述例证时,我对于时间及空间距离较近的作者,乃都将他们的姓名略去不提,以表示本文之仅以单纯的讨论事例为主,决无任何涉及作者个人之意。再者,本文只是一时随笔之作,论说中自难免有许多错误及不尽周全之处,凡此种种,都希望能得到读者们的普遍谅解。

2

首先我们所要提出来讨论的是有关诗之句法及字义的问题。中国语文如我们在前面所言,本来就是极富有弹性的,有时可加以节略,有时可加以颠倒,在组合方面缺少严格之文法限制的一种语文。而中国旧诗的语言,为了要适应声律或对偶的缘故,较之散文和口语在组合方面就显得有更为精简而错综的现象。因此如果对旧诗语文的组合惯例没有熟悉的认知,在解说诗义时当然便不免会发生种种的错误。在这一方面,语言系统迥异于中国的西方人士,自然较中国人士发生误解的可能性更多,而距离旧诗传统较为生疏的现代说诗人,较之旧传统训练出来的说诗人发生误解的可能性自然也较多。然而即使是旧诗传统训练出来的说诗人,对于某些精简错综的诗句,实在也仍不能避免有时会发生误解。我们现在就先举一个旧传统的说诗人,发生误解的例证来看一看。

清代曾著有《选诗定论》的吴淇,在解说《古诗十九首》时就曾发生过一些极明显的错误。如其解说"游子不顾返"一句云:"顾返犹言返顾。""游子日远,岂敢望其还家,求其一返顾而不得。"吴氏的这种解说,实在犯了两点错误。其一乃是对字义方面的误解。"顾"字在中国旧诗中通常有两种用法,一是"顾念"的意思,一是"回顾"的意思。吴淇解作"返顾"便是用的"回顾"的意思,但其实这一句中的"顾"字,却是"顾念"之意。《文选》李善注此句即曾引郑玄《毛诗笺》曰:"顾,念也。"所以张庚《古诗十九首解》便曾解释此句云:"'不顾返'犹言不思返也。"吴淇把"顾念"之意误解作"回顾",当然是由于对字义之误解所造成的一个错误。再则,此一句中就句法而言,实在应把"不顾"二字连起来读,而不当把"顾返"二字连起来读。"不顾"二字在古诗中往往连用,如乐府《东门行》云:"出东门,不顾归。"与此句之"不顾返"的句法便极为相近。吴淇忽略了"不顾"二字连读的习惯,竟误把"顾返"二字连读,又因为"顾返"二字本无如此连读的可能,遂颠倒过来勉强解作"返顾"。当然,有的词语是可以颠倒使用的,如孙奕《履斋示儿编·倒用字》一节中所举的"莽鲁"之于"鲁莽","角圭"之于"圭角",便都是此种例证,但那实在因为它们相结合的两个字乃是词性相同的字,如"鲁"及"莽"之皆为形容词,"角"及"圭"之皆为名词。可是"返顾"则前一字为副词,后一字为动词,词性既不相同便决无可能颠倒过来说成"顾返"之理。吴淇对于中国旧诗之字义与句法惯例可谓只知其一而不知其二,因此才会对字义及句法都产生了误解。

以吴淇这样一位清代著名的学者,尚不免会因一时的疏忽而产生如上的误解,何况今日的说诗人,距离旧诗的传统日远,写作旧诗的经验日少,对旧诗句法之组合的习惯也日益生疏,而现代人又往往喜欢自标新意,"自标新意"本来是一种可喜的现象,只是在对于旧诗之传统不甚熟悉的情形下,自标新意的结果有时就不免会产生某种程度的误解。

例如有人解说王融的《自君之出矣》一首乐府小诗，对其中的"思君如明烛，中宵空自煎"二句，就曾提出一种较新的读法，以为可以在"思"字下一顿，而把"君如明烛"当作是所思的对象之象喻。这种读法在文法上虽没有明显的错误，可是就中国旧诗句式的顿挫习惯，以及就《自君之出矣》这类乐府诗的特殊句式而言，却都显然地有着一些问题。因为就前者言，五言诗一般是二、三的顿挫，所以此句的读法应是在"思君"二字下一顿，而此句的"如明烛"三字，及下句之"中宵空自煎"，则是承接着上面的"思君"二字来写思君之情的热切悲苦，有"如明烛"之"中宵空自煎"。如果在"思"之下读断变成一、四的顿挫，虽在旧诗中也有此种例证，如"自君之出矣"在文法上便是如此。但凡是旧诗中此种变格的句式大多都是在文法上没有按正格句式诵读之可能时，方得成立。如韩愈之"有穷者孟郊"、"在梓匠轮舆"、"乃一龙一猪"等都可为证。但如在一句诗中本可按正规句式诵读，如"思君如明烛"一句可在"思君"下读断者，则此句便当按正格句式读，而变格读法便难以成立，此其一。再则就《自君之出矣》这一体乐府小诗言，诗中末二句之必在"思君"下读断，乃是一般约定俗成的读法，如范云的"思君如蔓草，连延不可穷"，辛弘智的"思君如百草，撩乱逐春生"，便都是以"如蔓草"之"连延不可穷"及"如百草"之"撩乱逐春生"，来写"思君"之情的不可以已。而并不是说所思的人"如百草"或"如蔓草"，此其二。此外，自全诗上下文来看，如果把此句读作思"君如明烛"，将后四字视为所思之对象,则与下面"中宵空自煎"之写思念之情的句子,便不相衔接,此其三。在这种情形下,说者又提出了一个新解,以为"中宵"一句可以脱离上句而独立起来解释作"午夜煎炙着它自己",并加以英译。这句诗从这种现代化的读法及英译来看虽似可以成立,然而如果就中国古典诗而言,则"中宵"一词一贯都是指时间而言,并没有将之人格化起来作为主词用的例子,此其四。像这种情形便大都是因为现代的说诗人不大顾及旧诗传统之句法字义而造成的误会。

至于就西方人士而言,则他们的语言系统既与中国迥异,当然发生误解的情形也就更多。最近有一本新出版的英译《诗经》,作者提出了许多新鲜的见解,可是却因在解说诗意时对句法与字义有一些误解,因此遂往往使他的结论也失去了依据。例如其中有一节谈到《诗经》中一些恋爱的诗篇,作者首先引了一段"襄王云雨"的故实,强调中国古代文学中有着"性"的主题,于是接着引了几首《诗经》中的恋爱诗来作为例证,其中有一首是《郑风·将仲子》。作者自出新意,以对话的方式来译这首诗,每章首尾皆译作女子之口吻,而将其中的"仲可怀也"一句译为男子的口吻。译文为:"Chung: 'Will I ever hold you in my arms?'"他的见解和译法虽新,可惜这句译文却犯了三点错误。其一,作者在"仲"字后面加了一个冒号,于是后面三字遂成为"仲"所说的话,"仲"成了说话的人。这种标点及造句的方式,实在过于现代化了,可以说与中国旧诗的句法传统完全不合。我们就以《诗经》一书来看，《诗经》中表示说话口气的共有三种方式，我们可以用新式标点分别如下：

1. 在说话者后面加一个"曰"字，如《郑风·溱洧》："女曰：'观乎？'士曰：'既且。'"

2. 把说话的指称"曰"字完全省略，而直截以对话方式写出，如《齐风·鸡鸣》："'鸡既鸣矣，朝既盈矣。''匪鸡则鸣，苍蝇之声。'"

3. 前一句叙述说话及受话之人，后一句接写所说的话。如《大雅·烝民》："王命仲山甫：'式是百辟。'"及"王命仲山甫：'城彼东方。'"

这些是《诗经》中表示说话口气的通例，决没有像这位译者所用的把说话人与所说的话放在一个短句中，不用"曰"字而只以冒号"："表示说话的口气如"仲：'可怀也。'"的方式。这当然是译者对《诗经》句法不清楚而造成的错误。再者，中国古典文学中，当一句中前面有一个名词后面有一个动词，而两个词中间有个"可"字的时候，则前面的名词必定是后面动词的受格而决非主格，如"头可断"、"血可流"、"彼可取而代"、"气可养而致"都是此种句法的例证。因此在"仲可怀也"一句中，"可怀"者实在是"仲"而并不是说"仲"要去"怀"什么人。这是译者因对句法认识不清而造成的又一点错误。三则就"怀"字之字义言之，中国文言文中此字通常大概有三种用法。一种是做名词用，如"襟怀"、"素怀"；另一种是做动词"怀念"的意思用，如"怀乡"、"怀旧"；再一种是做动词"怀有"或"怀藏"的意思用，如"怀才"、"怀宝"。至于如这位译者所解释的"揽入怀中"（hold in my arms）之意思用，则除曲文中有"床儿上被儿里怀儿抱"的用法外，在古典诗中，特别是在《诗经》一书中，可说决无此种用法。而且若用为"怀抱"之意，则多与"抱"字连用，若只用一个"怀"字，如"怀妻"、"怀女"、"怀人"等，则一定是"怀念"之意，而非"怀抱"之意。同时，在《诗经》中所用的"怀"字，大都为"怀思"、"怀念"之意，译者竟译为"揽入怀中"之意，这当然是因译者对中国旧诗之句法与字义缺乏认识所造成的错误。

而由于对一句诗中一两个字的误解，往往可导致对通篇主旨的误解，因而也就可能影响到评说时整个论点的错误。即如"仲可怀也"一句，是"怀思"而非"怀抱"之意，如此则这首诗虽为情诗，但与译者依其错误译文所强调的"性"的主题，便显然仍有一段距离。此外，这位译者在同一书中还曾根据《诗经·王风·兔爰》的"我生之初尚无为"一句，认为《诗经》中也有道家的"无为"思想。其实《兔爰》中的"无为"是"无事"之意，也就是无战乱之事的意思，与道家"无为"的思想完全无关。译者的《诗经》一书是近年才出版的，他绝不会没参考过前人的注解及其他译文，然而竟有着这样显著的错误。这很可能是因为他想要标举新意之心太切，"性"的主题及"道家"思想恰好都是今日西方最流行的题目，因此他遂有心对这些主题特别加以强调以吸引读者，可是由于对《诗经》的句法与字义未能有清楚的认识，所以在他想要出奇兵以制胜的时候误入了歧途，终致遭到全军覆没的结果。这种错误虽出于一位西方人士的著作，然而覆车可鉴，他所以致误的原因，实在颇可供今日说诗人的反省及参考。

其次我们所要讨论的是旧诗中句法结构之外的情意结构的问题。诗歌既大多以表现内心情意之活动为主，所以如何通过诗歌的口吻神情来掌握诗人内心情意之动向，自然是说诗人所当注意的一项重要课题。有些说诗人对诗歌的句法字义虽有清楚的认知，然而却仍不能探触和理解到诗人真正意向之所在，有时便正是因为对一首诗的口吻神情未能有清楚之体认的缘故。最近有朋友寄给我一篇书评，其中论及英译本李义山诗《北楼》一首的"酒竟不知寒"一句的译文。译者原把此句译作"The wine is cold but I have not even noticed it"。这句译文从字义及句法看来并无错误，但评者却在其中看出了不妥之处，他提出中国诗中"寒"字及"冷"字习惯用法的比较，以为二字虽然字义相近，可是习惯上中国却只说"寒江"、"寒月"，而从不说"寒酒"。此外，他又提到李义山《北楼》一诗乃是写他身在南方对北国中原的怀念，所以这句诗的"不知寒"应该并不是说酒冷，而是说南方天气暖，酒力虽销而却不觉天气之寒的意思（原为英文，意译如此）。这位译者所提出的实在是对旧诗的一种极精微的辨识与体认，他的意见是极可贵的，不过他把这句诗改译为："Although I have finished the wine, I do not feel cold"却似乎仍有值得商榷之处。为了对这首诗详细加以讨论，现在先把全诗抄在下面：

春物岂相干，人生只强欢。
花犹曾敛夕，酒竟不知寒。
异域东风湿，中华上象宽。
此楼堪北望，轻命倚危栏。

这首诗据其所写的气候而言，历来注家都以为是义山在桂林时所作，这是不错的。冯浩在"酒竟"一句下即曾注明是"暗点炎方"，足见句中之"寒"字是指气候而言，而不是指酒说的。译者虽曾提及此诗是李义山在桂林时作，而且也曾说明全诗表现了南方气候之潮湿炎热，可是译文中却把"寒"字误译为酒冷之意，这当然是一时疏忽所致。经过评者对"寒"、"冷"二字用法之比较，这句译文之错误是显而易见的，不过评者把"酒竟"二字译作"Although I have finished the wine"，如此则把"竟"字解释为"饮尽"之意，而忽略了"竟"字在这句诗中原当作为虚字的表示口吻神情的作用。就中国旧诗的句法习惯言，如果是律诗中的对句，则其前一句与后一句间每有相呼应之处，如"酒竟不知寒"的"竟"字便与前句"花犹曾敛夕"的"犹"字相对。照旧诗用字习惯来说，"竟"、"犹"二字都是表示语气的虚字，而凡表示语气的虚字应该正是一首诗情意结构的重要关键所在。就义山诗此二句言，它的口吻应是说花"犹然"如此，而酒却"竟然"如彼之意。为讨论此二句诗的情意结构，我们必须从上一句说起。

上句"花犹曾敛夕"之"花"，我以为并非泛指，它应是专指南方所盛产的木槿花而言。这种花的特性是朝开暮萎，义山在桂林时对此花留有极深刻的印象，所以他在桂林所作的诗中便常提到这种花，而且特别致慨于其朝开暮萎之特性，如其《朱槿花》二首五律及《槿花》一首七绝，都可为证。至于在《北楼》这首诗内，"花犹曾敛夕，酒竟不知寒"一联在全诗中之作用，则是承前两句"春物岂相干，人生只强欢"而来，其用意正是要写春日中的强欢之情。如果是在北国中原，则四季有明显的变化，每当春来之际，自"风光冉冉东西陌"到"飒飒东风细雨来"，进而至于"花须柳眼"、"紫蝶黄蜂"的三春盛事，则所谓"春物"者与这位"荷叶生时春恨生"的诗人李义山，自然有着密切的"相干"之感。如今远在炎方的桂林，虽然计算时节，该已是春天，但却并没有这些显示出鲜明的季节变化的与诗人"相干"的春日之感受，在这种寂寥落寞的心情中欲求强欢，所以才有开端之"春物岂相干，人生只强欢"之语。而第三句的"花"及第四句的"酒"，便正是叙写诗人欲借看花饮酒以求强欢的一种情绪。然而炎方的春日既无万紫千红轮番开放的盛事，所见的唯一属于花的变化的仅有槿花之朝开暮萎而已。是故诗人才说"花犹曾敛夕"，这正是诗人看花以求"强欢"所得的感受。至于就"饮酒"言，则如在北国中原，每当春来之际，往往余寒犹厉，所以诗人们向来在赏花时也常要饮酒，这不仅因饮酒的微醺可增加赏花的意兴，同时也因春寒犹厉才更需要在赏花时饮酒以抵御身外的春寒，何况在身外的春寒中也才更能领略到饮酒的兴致。如今李义山既远在炎方，则虽欲勉强饮酒以求强欢，然而却可惜竟全无身外春寒之感，如是则情味全非矣，所以才会说"酒竟不知寒"。这两句诗合起来读，乃是写义山在炎方春来之际，因全然不见使他感到"相干"的"春物"之变化，然而人生行乐耳，所以乃有借着看花饮酒以求强欢之意。看花之强欢虽然犹可感到槿花朝开暮萎的一点变化，可是饮酒的强欢则却竟然全无助人酒兴的身外春寒之感。在这二句诗中，义山实在不仅写出了炎方的气候，也写出了自己在异域勉强寻欢的一种惆怅无聊的心情。如果把这句看成是说"酒冷"，当然并非诗人的本意，但如只说天寒而未能提出此句"竟"字与上一句之"犹"字，在对比中所显示的那份强欢的惆怅之感，则也未能完全掌握诗人的本意。像这一类的疏失，就是由于对全诗情意方面的结构，未加仔细留意的缘故。这种疏失当然是我们在解说一首诗时所当小心避免的。

接着我们所要讨论的是诗中用字及用典之出处与诗之解说的关系。先谈用字，所谓用字是指诗人在诗中所使用的某些词字乃是前人曾经使用过的词字。如仇兆鳌引李密诗之"玉露凋晚林"及沈约诗之"暮节易凋伤"等句，来注解杜甫《秋兴》的"玉露凋伤枫树林"一句诗，又如李善引《楚辞》之"悲莫悲兮生别离"及《古杨柳行》之"谗邪害公正，浮云蔽白日"，来注解《古诗十九首》之"与君生别离"及"浮云蔽白日"二句诗，便都是指明诗歌中用字有出处的极好例证。这种用字有时出于有心，有时出于无意，其与诗歌之内容意义也有时有关，有时无关。如《楚辞》乃是古人所熟知的书,则《古诗十九首》之作者在写下"与君生别离"一句时,对《楚辞》"悲莫悲兮生别离"之句,便很可能在意识上有着某一种关联。至于"浮云蔽白日"一句既与《古杨柳行》的诗句完全相同,其间之有所关联当然就更是可能的一件事。虽然读者不知道这些出处也可读懂《古诗十九首》那两句诗,可是如果读者也知道这些出处,则在读《古诗十九首》"与君生别离"一句时,就可以因《楚辞》之句而同时也产生"悲莫悲兮"的联想,因此对这一句诗便可以有更为丰富深入的体会。又如在读"浮云蔽白日"一句时,就也可以因《古杨柳行》的诗句而想到"浮云蔽白日"的意象原来也可能有着"谗邪害公正"的喻示,因而对这首古诗引发更深的喻托之想。像这一类的出处,对诗之了解及评说当然有着相当重要的关系。至于仇注所引的李密及沈约的诗句,则以杜甫"读书破万卷"的博学,在其写作时虽未必有心袭用,而这些词字之涌现于杜甫笔下,自然也未始全无潜意识的某种关联。何况李密的"玉露凋晚林"一句,五字中与杜甫"玉露凋伤枫树林"一句相同的有四字之多,无论就诗人或就读者而言,其联想到李密的诗句便也是一件极自然的事。在这些例证中,比较起来沈约的"暮节易凋伤"一句实在与杜甫诗之关联较少。因为杜甫诗中的"凋伤"乃是指树的凋伤,而沈约的则是指人,而且"凋伤"二字乃是极常用的词字,杜甫之用它实在未必与沈约诗有关。不过读者对熟知的词字较易引起共鸣,这也是何以古人重视用字要有出处的缘故。今人往往以为古人这种注解的方法过于琐碎拘泥并无高深之见，而视为鄙不足道，其实诗歌中所用的词字，原是诗人与读者赖以沟通的媒介，唯有具有相同的阅读背景的人才容易唤起共同的体会和联想，而这无疑是了解和评说一首诗所必具的条件。

有一次，有位外国同学翻译赵秉文的《题巨然泉岩老柏图》一诗，将其中"为回笔力挽万牛"一句译作："When I face it, the strength of the brushwork attacts me with the force of 10,000 bullocks.""万牛"形容笔力之壮当然是不错的，可是在这句诗中却并不是说笔力之壮可以吸引我这观画的人，而是说那笔力可以把如此枝干雄伟气象磅礴的一棵古柏呈现在纸上。此诗"万牛"二字原出于杜甫《古柏行》，其中有句云："大厦如倾要梁栋，万牛回首丘山重。"意思是说古柏之雄伟高大，重如丘山，虽有万牛之力也难以迁挽，以示材大之难为世用。赵秉文这首诗题为《题巨然泉岩老柏图》，可见图画中必然也有一株古柏，所以诗人乃用杜甫《古柏行》中的"万牛"二字，以赞美画家巨然笔力之大胜于万牛，竟将此古柏迁挽移植于画面之上，而言外则凡杜甫诗中描述古柏之种种赞美歌颂也便因联想而与画中之古柏结合为一。像这样的诗句如果不知道"万牛"二字的出处，当然便不会有正确深入的了解。

其次谈"用典"。"用典"与"用字"之区别在于后者只是字面上与古人有相合之处，即使不知道这些词字的出处，除了少数的例外，从字面上都仍然可以读得懂。可是用典则不然了，用典乃是在诗句中包含有一则故实，如不知此一故实的出处，就根本无法读懂这句诗。此外，用字有时可能出于偶合或无意，至于用典则诗人是必然有所取意的。如李义山《安定城楼》一诗的"贾生年少虚垂涕，王粲春来更远游"二句，上句用的是贾谊的典故。据《史记》及《汉书》载贾谊年少颇通诸子百家之书，上书陈政事云："臣窃惟事势可为痛哭者一，可为流涕者二，可为长太息者六。"下句用的是王粲的典故，据《三国志·魏书》载王粲于西京乱后，往荆州依刘表。李义山此诗据张采田《玉溪生年谱会笺》编于唐文宗开成三年，义山二十七岁，应博学鸿词科不中，居于泾原节度使王茂元幕下时所作。笺云："贾生对策比鸿博不中选，王粲依刘比己为茂元幕官。"冯浩注亦云："应鸿博不中选而至泾原时作也，玩三四显然矣。"通过诗中这二句，我们自可看出李义山借用此二则典故，以抒写其有忧时之心而不为世用及依人幕下的一份悲慨。这便是用典的最好例证。在这种情形下，说诗者只要能把诗人所用的故实找到正确的出处，便不难求得正确的解释。

不过有时诗中的典故也并不都是如此明白易解，其较为难解的大约有二种情形。一种是一句诗是两则故实的结合，而字面上却只提供了一个出处；另一种是字面上虽提供了故实的出处，然而诗人所用的却非故实的本意而另有所取意。这两种用典的情形便极易引起误解。我们仍举义山诗为例，先说第一种情形，如其《咏泪》一诗"人去紫台秋入塞"一句，冯浩注云："《文选·恨赋》：'若夫明妃去时，仰天太息，紫台稍远，关山无极。'此谓一离宫阙便远至异域。"冯浩就字面为注，其所说原来不错。然而此诗标题是"泪"，中间二联"湘江竹上痕无限，岘首碑前洒几多。人去紫台秋入塞，兵残楚帐夜闻歌"，实在用的是四则与哭泣流泪有关的故实。"湘江"句用娥皇女英泣竹成斑之传说，见于《博物志》；"岘首"句用晋羊祜堕泪碑的故实，见于《晋书》；"兵残"句用项王被围垓下，悲歌慷慨泣数行下之故实，见于《史记》。依此类推，则"人去紫台"句亦必当为与"泪"有关的故实才是。冯浩引江淹《恨赋》，则只注出了"紫台"的出处为明妃的故实，却未曾注意到此句亦当与流泪有关。而且只就明妃之离宫阙为说，实在不合诗人取用此一故实的本意。或者有人会说，明妃离汉宫时想当然有流泪之事，原不必求其一定有出处，这种说法又决不合于诗人用典的惯例。其实此句诗义山在字面上之所以取用《恨赋》的"紫台"二字，只不过为了与下句"楚帐"相对而已。至于在故实的含义上，义山实在用的乃是石崇《王明君词》的故实。石崇诗有云：

  我本汉家子，将适单于庭。
  辞诀未及终，前驱已抗旌。
  仆御涕流离，辕马悲且鸣。
  哀郁伤五内，泣泪湿朱缨。

这几句诗极写明妃出塞时哭泣流泪之状，这些句子应该才是义山《咏泪》一诗中引用明妃出塞故实的真正取意所在。而历来注家对此却并未注出，冯浩但引《恨赋》以"离宫阙"、

"至异域"为说，就此诗言，实在是一种误解。像这种把二则故实合用，而字面上只有一个出处的用典例子，乃是说诗人所当特别留心辨认的。

再谈第二种情形。义山《锦瑟》诗云："庄生晓梦迷蝴蝶，望帝春心托杜鹃。"《无题》诗云："扇裁月魄羞难掩，车走雷声语未通。"这几句诗从表面上看，"庄生"一句用的是《齐物论》庄子梦为蝴蝶的故实，"望帝"一句用的是《华阳国志》蜀望帝魂魄化为杜鹃的故实。"扇裁"句用的是班婕妤团扇怨之故实，"车走"句用的是司马相如《长门赋》中之故实。如果说诗人拘执出处的原意来解说这几句诗，则"庄生"句必当与化出于万物之外的"物化"之意有关，"望帝"句必当与帝王失国之不幸有关，"扇裁"、"车走"二句亦必当与女子失宠被弃之情事有关。然而我们仔细吟味一下义山原诗，就会发现他用这些故实原来与典故之含义并无全面之关系，而只是截取故实一部分含义作为一种意象之表现而已。今对此诸意象不暇细说，简言之，则"庄生"句不过借蝴蝶以表现一种痴迷的梦境，"望帝"句不过借杜鹃以表现一种不死的春心，"月魄"句不过借之以写团扇之美并进而衬托用团扇遮面的女子的娇羞，"车走"句不过借之以写行车虽近至交错相接，然而却未曾得到一诉衷曲的机会。像这种用典便不可只据故实立说，而当切实查考诗人用意之所在才真能懂得诗意，否则就会发生误解。冯浩便因对义山此种活用故实，只借之作为意象之表现的方法有所不明，所以在注"庄生"一句时遂一定要按《庄子》本文的"物化"为说，于是既把道家哲学中的"物化"强解为人死化为异物，又把人死的"物化"牵涉到庄子鼓盆的故实来勉强立说。像这种过于拘执故实牵附立说的情形，当然是说诗人应小心加以避免的。

还有一种与前面所谈的过于拘执故实来解诗完全相反的情形，那便是有些说诗人又过于自命通达，往往把原来诗句用字与用典的出处故实完全置之不顾，但以自己的私意来大胆立说。例如《古诗十九首·明月皎夜光》一首，其中有"白露沾野草，时节忽复易，秋蝉鸣树间，玄鸟逝安适"数句，李善注曾明白引注这几句诗的出处说："《礼记》曰：'孟秋之月白露降。'"又云："《礼记》曰：'孟秋寒蝉鸣。'又曰：'仲秋之月玄鸟归。'"根据这些出处，则这首诗所写的自然应属秋季的景物，可是朱自清在其《古诗十九首释》一文中，却因对这首诗前面的"玉衡指孟冬"一句有所不明，误把指方位的孟冬看作指季节的孟冬（孟秋指方位之说，参看《迦陵谈诗·谈〈古诗十九首〉之时代问题》），因此遂把这首诗的景物都误解为孟冬的景物，并说：

　　《礼记》的时节只是纪始，九月里还是有白露的，虽然立了冬，而且立冬是在霜降以后，但节气原可以早晚些。

殊不知古人写诗，于此等处实在极为谨严，既然三句中都是用《礼记》中记孟秋之节物的句子，则此诗必然是写孟秋的景物无疑。断不会于霜降立冬之后,节令已到了孟冬,却引用孟秋的故实入诗,朱氏所说"节气原可以早晚些",在此是说不通的。又如我以前在《论吴文英之为人》一文中,于谈及吴氏赠贾似道之《金盏子》词"小队登临"一句时,曾举刘毓崧《梦窗词叙》及夏承焘《吴梦窗系年》的两种不同说法(见《迦陵谈词》)。刘氏据"小队登临"一句判断梦窗此词必作于贾似道为制置使之时,夏承焘则据此词前半之"莺花任乱萎"诸句,以为此词必作于贾似道已还朝为宰相之时,而且还曾说:

> 刘氏据"小队登临"句谓指似道制置荆湖时,以其用杜诗"元戎小队出郊坰"。然执宰游出何尝必不可用?以此说文太泥,以此作证太弱。

其实梦窗此词乃是作于贾氏还朝以后固然不错,而"小队登临"则隐含对贾氏出将入相之赞美,同时指其曾为制置使而言也并不错。刘氏只据此一句便认定必作于贾氏为制置使之时,其说固病在过于拘泥,而夏氏便径以为执宰游出亦可用"元戎"之典,又不免过于率意。凡此种种偏失都是造成说诗人对原诗发生误解的重要原因。昔孔子有言曰:"可与言而不与之言,失人;不可与言而与之言,失言。知者不失人亦不失言。"我们对于诗歌中用字与用典的出处,以及此一出处与诗意确实之所指的微妙关系,便也当有此种详细的辨别,才不会对有出处的词语或故实加以忽略,而在解说时也才不致有过于拘执或过于率意之病。这是说诗人所当加以注意的另一课题。

最后我们所要讨论的是当一首诗或一句诗可以有多义之解释时,当如何加以别择和判断的问题。一般说来,造成多义的基本原因大约有两种,其一是由于对诗句的构造及句法可有不同的读法,其二是由于对诗歌中意象所提供的喻示可有不同的解说。现在先谈第一种情形。

中国旧诗中,由于所使用的文字之过分简练,及中国语文缺少精密之文法的特质,所造成的因不同的读法而引起不同之解说的例证甚多,杜甫的《戏为六绝句》就是其中一个最好的例证。多年以前,郭绍虞在《燕大文学年报》曾发表过一篇文章,题为《杜甫戏为六绝句集解》。在叙文中,他曾经论及这六首诗"代词之所指难求,韵句之分读易淆,遂致笺释纷纭莫衷一是"。其后,于一九六二年,台湾师大"国文研究所"还曾因以杜甫《戏为六绝句》为试题而引起过一场论辩。足见读者对这六首绝句的解释之人各一词,难于获得一致的结论。现在我们只取其中第三首作为例证,来略加分析。先录原诗如下:

> 纵使卢王操翰墨,劣于汉魏近《风》《骚》;
> 龙文虎脊皆君驭,历块过都见尔曹。

这一首诗之所以引起歧解,首在第四句"尔曹"一代词之所指难求。赵次公、邵二泉以为"尔曹"乃指首句之卢王而言，如此则此诗对卢王为贬词。但自刘辰翁以下之说诗者，则多以为"尔曹"乃指卢王以后之"今人""后生"而言，如此则此诗对卢王为赞词。这是"尔曹"一代词所引起的歧解。再则次句"劣于汉魏近《风》《骚》"之句读，也有许多不同的读法。钱谦益以为此句乃谓"卢王之文劣于汉魏而能江河万古者，以其近于《风》《骚》也"，如此则当于"魏"字下读断。浦起龙、卢元昌等则以为"汉魏近《风》《骚》"五字当连读，以为此句乃是说卢王之文劣于"汉魏之近《风》《骚》"，如此则当于"劣于"二字下读断。像以上这类的歧解，其势不能并存，如果只就此一首诗或一句诗来求其解说，则实在无法做正确的判断。要想解决这种困难，我们首先实应了解唐代诗歌发展的情势，其次该了解杜甫一贯论诗的主旨。就唐诗之发展而言，则王杨卢骆绍齐梁之遗风，时人号为四杰，而自陈子昂诸人倡为复古之说以后，遂有人对四杰之诗风颇多有讥议。《玉泉子》及《唐诗纪事》等书就曾载有时人讥杨炯诗为"点鬼簿"、骆宾王为"算博士"之记叙。至于就杜甫个人论诗之主旨而言，则杜甫原是一位集大成的诗人，元稹在杜甫《墓志铭》中即曾赞美他"尽得古今之体势"，而且从杜甫的诗中来看他对六朝齐梁以来之诗人，如庾信、鲍照甚至阴铿、何逊等都有赞美之词，即在《戏为六绝句》中他也曾说过"不薄今人爱古人"及"转益多师是汝师"的话，可见他个人决无轻视四杰或鄙薄近体之意。当我们把这基本观念弄清楚以后，便可知道杜甫这首诗实在是为四杰申辩之词，意谓纵使卢王之所作为后人讥议为不及汉魏古诗之近于《风》《骚》，然而他们的成就可比美于龙文虎脊之各种毛色的良马，皆可为君王之驭，至于"尔曹"后生则如一般凡马，于"历块过都"之际，偶遇艰阻即见其才力之低劣矣。如此，则此诗因代词及句读不明所引起之各种不同的解释，自然便可定于一是而不致再有争执了。由这个例子来看，当一句诗有多义之可能时，首先所当做的实在是仔细看看这多种解释是否互相抵触，如果是，则当从多方求证，为之寻得一种可信的解说。

然而在某些情况下，因不同读法而招致的诗意上的歧解，却不一定都会产生像上面一例的抵触，有时这些歧解反可同时并存，使诗句得到更丰美的意趣。例如李后主的《浪淘沙》词，其中之"流水落花春去也，天上人间"就是个很好的例证。俞平伯在他的《读词偶得》一书中，对此句就曾提出四种不同的读法。第一是把这句看作疑问的口气，解为："春去了！天上？人间？哪里去了？"第二是把这句视为嗟叹的口气："春归了，天上啊！人间呀！"第三是把此句视为对比的口气："春归去也，昔日天上而今人间矣！"第四是把"流水落花春去也"及"天上人间"，分别看作是对上一句"别时容易见时难"的承应，有"难""易"对举的口气，解为："'流水落花春去也'离别之容易如此，'天上人间'相见之难如彼。"俞氏本人采取第四种解释，而以前三种为"不好"或"不妙"。其实李后主这句词的佳处所在，原来却正在于它的语法的含混模棱，与语气之沉着真率的一种微妙的结合。读者既可由其含混模棱的语法而生多种解说及联想，又可因其沉着真率的语气而有极深切之感动。在这种深厚丰美的感动和联想间，我们对于这句词的义界，实在不必勉强加以狭隘的分划。而且李后主原来就是个以挚情取胜的诗人，这种超乎理性思索的至情之语，实在正可视为其特色的一种表现。像这种"多义"的解说就大可任其同时并存，而不必勉强为之定于一是。俞平伯对于一诗可以有多义之解说似未曾有所认知，因此虽为之提出了四种可能的解说，却又不得不于其中强加轩轾，为之限定为一种解说，遂使原诗意蕴之丰美反而受到了损失。这种情形当然是说诗人当格外小心处理的。

不过在可兼取之多义中，有时也须略加分别轻重主从之义。例如杜甫《秋兴》第三首"五陵衣马自轻肥"一句，也曾引起说诗人许多不同的解说，或以为"自己轻肥"，或以为"自炫轻肥"，或以为有"轻视"之意，或以为有"羡之"之意，或以为"慨己之不遇"，或以为"慨同学少年之误国"，或以为"慨同学少年之不念故人"。这些不同的解说虽可同时并存，然而朱自清在《诗多义举例》一文中，对此句之解说便曾提出过主从之说。他以为："这两句诗的用意，看来以同学少年的得意反衬出自己的迂拙来。"这是诗的主意。又说："仇兆鳌《杜诗详注》说：'曰：自轻肥，见非己所关心。'……仇兆鳌这一解，照上下文看，该算是从意。"朱自清所提出的在一诗多义中，需有主意与从意的辨别，也是非常重要的一点。

接着我们来讨论一诗多义的第二种情形，也就是由于对诗歌中意象所提供的喻示有不同的解说，而引起一诗多义之现象的问题。此一问题实在是说诗人所面临的最大的难题。因为诗歌既原以意象之表现为主，而意象所可能引起的联想又极为自由，我们固不当以拘狭的解说来限制丰美的联想，然而若一任说诗者联想的自由奔驰，则说诗的标准又究竟何在？所以此处我们愿提出一些例证，来作为遭遇上述情形时，在取舍和判断上的一点参考。

第一是由于对意象所指之物有不同的解说，因而对其所喻示之含义亦发生不同之诠释者。如李义山"凤尾香罗薄几重"一首《无题》诗中的"断无消息石榴红"一句，历来说诗者对"石榴红"三字之所指，便曾有种种不同的解说。冯浩注解此句时，对其含义就提出过两种不一致的看法，一则以为"可喻合欢"，再则又以为"可喻京宦"。前一说的根据在于义山《寄恼韩同年》诗的第二首，曾有"我为伤春心自醉，不劳君劝石榴花"之语。韩同年盖指韩畏之，与义山同年，亦为王茂元之婿。冯氏以为该诗当作于"韩初娶王氏女"时，上引二句诗则为义山"叹己之未得佳偶"，"石榴花"三字据冯注引简文帝诗"蠡杯石榴酒"，乃是指酒而言，在《寄恼韩同年》诗中则当指结婚之喜酒。此冯氏所以认为"断无消息石榴红"一句亦有"可喻合欢"之意也。至于"可喻京宦"的根据，则是义山于《回中牡丹为雨所败》之第二首中，曾有"浪笑榴花不及春"之句。冯氏于此句曾引《旧唐书·文苑传·孔绍安传》为注，据孔传载，孔氏应高祖诏咏石榴诗有"只为时来晚，开花不及春"之语，诗中盖隐含有怨其未能及时获得高位之意，所以冯氏遂以为义山"断无消息石榴红"又有"可喻京宦"之意。除去冯氏所提出的这两种说法外，朱鹤龄注则引梁元帝《乌栖曲》之"芙蓉为带石榴裙"为注，虽然朱氏对其喻义未加说明，然而朱氏以"石榴红"为指"石榴裙"之意，则是明白可见的。

综合三种不同的说法，私意以为指"石榴酒"之说最不可信。因为一般而言，"石榴"二字之指酒而言者，在诗中大都有着对酒的暗示。如前引冯注所举之简文帝诗"蠡杯石榴酒"，便明白点出"酒"字来，又如梁元帝诗之"尊中石榴"亦同。至于义山《寄恼韩同年》之"我为伤春心自醉，不劳君劝石榴花"，虽未明言"酒"字，可是其"醉"字"劝"字，则显然含有对于"酒"的暗示。可是在他的《无题》诗中的"断无消息石榴红"一句，则通篇上下并未曾有一点此种暗示，所以此句中的"石榴红"三字之意象，其指"酒"的可能性实在最小。再则此句之"石榴红"与"断无消息"连言，则二者间必当有某种关联之意，且此句又与上一句"曾是寂寥金烬暗"相对，则二者之口气呼应间也必当有相关之处。在"曾是"一句中，"金烬暗"三字乃是喻示"曾是寂寥"之情绪中，显现在眼前的一种意象，所以"石榴红"三字便也该是喻示在"断无消息"之期待中显现于眼前之一种意象。如果把此句的"石榴红"解作结婚之喜酒，则就此句整体所呈现出的隔绝怅惘之情而言，必当是结婚之喜酒如今尚无消息之意，如此则喜酒必当为眼前所无的意象。这种说法不仅与前一句"金烬暗"之口吻不相配合，而且与此句所强调的"红"

字之感受也不相配合，因为此句之如此强调"红"字，正表示"红"应当是眼前之意象。所以如果把此句的"石榴红"解作眼前所没有的石榴酒，这种说法实在不甚可信。

其次再来看看把"石榴红"解作指"石榴裙"之"红"的说法。按这种说法，"石榴红"三字便可视为女子之服饰，于是也就可能成为眼前之一种意象。以女子裙色之鲜艳来反衬"断无消息"的哀伤，这种说法似乎比石榴酒之说略胜一筹，所以在一篇讨论英译本李义山诗的书评中，评者就曾提出译者把此句解作指结婚喜酒之"石榴酒"有所不妥，不若将之解为指"石榴裙"之"红"而言，更为一般读者所乐于接受。不过如果仔细吟味此一句诗，则"断无消息"四字实在还暗示有"久无消息"的时间之感。石榴裙之红虽可反衬隔绝期待中的寂寞哀伤，可是却并无时间之感。但如果我们把"石榴红"三字看作是指"石榴花"而言，则它便可既表现眼前鲜明之意象，又可暗示一种春去夏来的明显的时间流逝之感。而且以石榴花之绽放来表现时间及季节之感，也正是诗人所常用的一种意象。不仅前引孔绍安《咏榴花》诗的"开花不及春"可以为证，韩愈的"五月榴花照眼明"更是大家所熟知的以榴花表现季节之感的句子，又如义山本人《咏回中牡丹》诗之二的"浪笑榴花不及春"一句，便也曾以榴花来表现季节之更替。如此看来，则"断无消息石榴红"一句中的"石榴红"之意象，实在当以指石榴花之可能性为最大。此外，也唯有作石榴花之"红"来解释，才可以将"花"字省略而简言"石榴红"，如果是作"石榴酒"或

"石榴裙"之红的话，则一般多在诗中点明或暗示"裙"字及"酒"字，而并不只简言"石榴红"。至于石榴花之"红"这一意象所提供之喻示，冯浩虽曾引孔绍安诗之"开花不及春"，以为"可喻京宦"，言外盖谓诗人此句乃慨叹其未能及时得仕。然而这种说法实属臆测，未能避免传统说诗法的拘执比附之病。我们若不如此拘执立说，则此句诗从其意象及其在诗中的位置来看，该只是写一个女子在"断无消息"的期待中，因见石榴红绽，而益深其期待的寂寞之感，同时且不免有一种春光已老年华长逝之哀伤。至于此外是否作者尚有"恐美人之迟暮"的不能及时见用的感慨和喻托，则读者未始不可以有此想，作者也未始不可以有此意，不过就此诗表面写情之基调而论，却不必一定要加以如此拘限的指说。从以上所分析的，我们可以看出，判断诗中意象之何所指虽不可不谨严，但解说却不可过于拘执，这是说诗人所当注意的。

此外，我愿更举一类例证，那就是对诗中意象所指之实物虽然没有异词，可是对于其所暗示的喻义则有不同之解说者。例如杜甫《秋兴》八首之七，其中之"织女机丝虚夜月，石鲸鳞甲动秋风"二句，"织女"乃指汉长安昆明池畔织女之石像，"石鲸"则指池中石刻的鲸鱼，二者都是实有之物，一般人对此可以说并无异词。可是历来说诗者由这两句诗中之意象所得的感受和联想，却有极大的不同，因而对这两句诗的喻示和托意也就发生许多极不同的说法。有人以为此一联写昆明池之衰，说："读之则荒烟蔓草之悲见于言外。"杨慎《丹铅总录》即作此说。又有人以为此一联不过是"写池景之壮丽"而已,仇兆鳌《杜诗详注》即作此说。除去这些有无盛衰之感的争辩以外,更有人以为这两句诗另有其他喻托之意。金圣叹《唱经堂杜诗解》即曾经有"织女机丝既虚则杼柚已空,石鲸鳞甲方动则强梁日炽"的说法。还有现代的读者则对此一联另有更新的解说,以为"机杼"和"鳞甲"乃是"井然有序的组织的意象",而上一句"机丝虚"乃"适足以成为丧失秩序的黑暗时代之象征",至于"'石鲸'的巨大与'鳞甲'的鳞次栉比的意象"则"与我们在一张分州分省的地图上所看到的景象是多么相像"。从以上的几种说法来看,正所谓"仁者见仁,智者见智",似乎都各有其持之有故的道理在。在这种情形下,我以为如果说诗者承认其所说只是一己读诗的一种感受和联想,则无论其为仁为智,原来都没有任何不可。不过如果说诗者的用心乃是在推求诗人写作这首诗的原意,则我们便不能不在这些分歧的说法中略做辨别。

先就有无盛衰之感来看,如果从杜甫在这两句诗中所用的字的字面意象来看,则"织女机丝"、"石鲸鳞甲"原为昆明池畔之景物,可因之而想见当年昆明池之雄伟壮丽,如是,则当然有"盛"的感觉。可是下面的"虚夜月"、"动秋风"等字面却又写得极衰飒,于是当然也有"衰"的感觉。主张此一联只是写"盛"或写"衰"的人,不论就全诗主旨或仅就此二句之表现言,可以说都只看到了诗人感觉的一部分而已。就整体来看,则杜甫这一联实在乃是铺叙盛事中表露了荒凉之感的双管齐下之笔，所以盛衰之争实在是不必要的。至于说到有无托喻之意，则为谨慎计，说诗人虽可以自此联上一句的"虚夜月"及下一句的"动秋风"等字面直接感受到一种"落空无成"及"动荡不安"的感觉，但对其究竟何指，却实在不必做过于拘狭的解说。如果一定要加以解说，则当就诗人杜甫本身在写此一诗时所可能发生的联想来推想，而不可仅凭一己之感觉遽加臆测。我们若以此一标准来衡量，则金圣叹之说似乎较为可信。因为"小东大东，杼柚其空"，乃是《诗经·小雅·大东》的诗句，而在《大东》一诗中更有着"跂彼织女，终日七襄"，"虽则七襄，不成报章"的句子。"杼柚"正是指纵横操作的织机，而"不成报章"则是说织女虽终日纺织，却织不成一匹布帛。在《诗经》中，此诗原义乃是喻说当时东方诸侯国人民的空乏贫困，引申之也可指政府之困乏无能，行政之一事无成。所以金圣叹的"织女机丝既虚则杼柚已空"的解说实在乃是颇为可信的既切当且有深意的说法。至于金圣叹以"石鲸"指"强梁"，则是因中国古代传统中，"鲸鲵"之称是一向专指叛逆不义的人的称谓和比喻，如《左传》宣公十二年所载"古者，明王伐不敬，取其鲸鲵而封之，以为大戮"，杜预《集解》即曾注云"鲸鲵，大鱼名，以喻不义之人"可为明证。金圣叹说杜诗此句虽未引此出处，但这些经书，古代的读书人对之乃是极为熟悉的，而旧传统的说诗的依据，也便全在于读者与作者间这种由相同的阅读背景，相同的联想习惯，所引发的一种共鸣，所谓"相视一笑，莫逆于心"，其相通的一点灵犀便正在于这种微妙的感应。不过中国旧传统的说诗人,却并未能对此种因阅读背景相同而引起的灵犀暗通之际的了悟与联想,善加掌握和运用,而却喜欢就一点喻示便转而做刻舟求剑式的实指。即如金圣叹之说,他的联想的依据,就杜甫之阅读背景及心理背景,还有中国旧诗用字之习惯而言,原是颇有可取之处的。然而他却不肯停止于仅提出其联想,以之表现这两句诗的意象所含的可能性喻示,而更进一步据其联想加以比附实指,于是金圣叹对此二句诗遂又断言云:

> 今日西北或可支吾,万一东南江湖之间,变起不测,则天下事不可为矣。故先生豫设此一着,以讽执政。言若不早为之图……可奈何?

这一段话完全是逸出诗的原意的附会之说。如此说诗,自然乃是由于传统说诗之观念过于拘狭迂腐,遂致未能善加运用诗人与说诗人间所共具的联想的缘故。这一点是我们应特别加以注意的。

现代的说诗人虽然免去了古人的比附事实之病,然而却又因阅读的背景与联想的习惯都已与古人迥然不同,往往从一开始,其联想的方向和性质便已与古代诗人相去极远,何况有时现代说诗人又会陷入一些西方理论与学说的窠臼之中,而形成一种新的比附之说。即如有人解释王融之"自君之出矣"一首乐府诗的"思君如明烛"一句,便曾提出说,"在西洋文学中蜡烛是'常用的男性象征'",又说:"中国古典文学虽然无男性象征之类的说法，但李商隐的《无题》这类诗里，蜡烛与性的关系颇为明显：春蚕到死丝方尽，蜡炬成灰泪始干。所以我们有理由在此把蜡烛看成男性象征。"这种说法，实在不免有以西洋文学来相比附之嫌。在中国古典文学的传统中，蜡烛所具有的象征意义，大约不外有下列几种可能：

第一，可以为光明皎洁之心意的象征。如陈后主《自君之出矣》一诗中的"思君如昼烛，怀心不见明"，及李商隐《昨夜》一诗中的"但惜流尘暗烛房"，便都是以蜡烛为光明皎洁之心意的象征而慨叹其不为人所认知。

第二，可以为悲泣流泪之象征，如陈后主另一首《自君之出矣》诗中的"思君如夜烛，垂泪著鸡鸣"，杜牧《赠别》诗之"蜡烛有心还惜别，替人垂泪到天明"，即是这类的例子。

第三，可以为中心煎熬痛苦之象征，如贾冯吉《自君之出矣》一诗中的"思君如明烛，煎心且衔泪"，陈叔达同题诗中之"思君如夜烛，煎泪几千行"，便是以蜡烛为兼有中心煎熬及流泪的象征。

以上三种乃是蜡烛在中国古典诗中所常见的象征之意。至于李商隐《无题》诗之"春蚕到死丝方尽，蜡炬成灰泪始干"，从上下二句的承应来看，它所写的实在乃是一种与生命相终始之情爱与悲哀。上一句春蚕之丝到死方尽，乃是写一种缠绵深密之情意的千回百转难尽难销，后一句蜡炬之泪成灰始干，则是写一种煎熬悲泣之痛苦的与生俱存必至成灰始已。从这两句诗及上面举的例子中,我们实在看不出它们有什么"男性象征"的意思。像这种情况,若率尔以西方文学的现象来解释中国古典诗歌,似乎就不免有过于牵强之病。所以说诗人对诗中意象的解说,虽然一方面应当破除古人说诗的拘执迂腐的流弊,可是另一方面对古人阅读之背景及联想的习惯,却也应当具有相当的认识,这样才不会以自己的猜想来对诗歌任意加以解说,也才不致以新的比附之说来取代旧的比附之说。这种可能及倾向或许是我们目前最应谨慎避免的。

至于在传统文学批评中,由于对诗中的意象有不同的联想,因而引起的比兴寄托之说,则我另有《常州词派比兴寄托之说的新检讨》一文,对这问题已做过分析和说明,此处不拟再重复了。

3

以上所提出来的不过是个人一时想到的一些例证而已,事实上,解说中国旧诗所当注意的问题甚多,而且每一种个例在解说时都各有其不同的要求条件,因此事实上是无法遍举的。不过从上面举出的一些例子,我们至少可认清一件事实,那就是中国旧诗之用词造句及表情达意,都自有其特殊的传统,对于这方面缺少深切的认知,实在该是造成对诗意误解的主要原因。这种误解,即使在古人的著述中也不能完全避免,何况在旧学已逐渐式微的今日,现代说诗人自然更容易发生偏差和误解的现象。不过我们也不能就此否定了在西方文学理论辅助下,建立起中国古典诗的新批评理论与方法的可能性。只是在开拓革新之际,有一点我们所必须认清的,就是喧宾不可以夺主。如果我们对于中国旧诗确实已具备了足够的修养,则当我们引用新理论来评说中国旧诗的时候,自然就可以在主客之间做适度的安排,使宾主相得而益彰。反之,如果这项必备的修养有所不足,而却又一味强调新理论的使用,那便如同邀请了一位蛮横的客人进入了所有生活习惯都与之截然不同的一个家庭,而任由他强做主人一样,其后果当然是不堪想象的。而且水能载舟亦能覆舟,如果我们确实懂得自己所操纵的船只——中国旧诗——的性能,则自然可以使一切新的驾驭法都为我们所用,在新理论的洪涛广海中运行无碍。反之,则陌生的洪涛广海便大有使我们迷失颠覆的可能。所以接纳西方的文学理论与批评方法,来为中国旧诗的批评建立新的理论体系,虽然是今日我们所当负的责任和所当行的途径,可是重认中国旧诗的传统,对旧诗养成深刻正确的了解及欣赏能力,则是在援引西方的理论方法前的一个先决条件。

对于如何重认中国旧诗之传统,我个人颇有一些老生常谈的意见,愿意提出来作为大家的参考。首先我要提出的是"熟读吟诵"的重要性。虽然这种学习方式可能已早被许多人视为落伍,然而就重认中国旧诗之传统而言,则熟读吟诵实在是最直接有效的一种方法。中国旧诗所使用的原是与日常口语迥异而全以音律性为主的一种特殊语言,本来凡属语言的学习，最重要的一点就是经常要有讲说和聆听的练习，而学习一种富于音律性的诗的语言，就更需要在熟读吟诵间对其音律有特殊的掌握能力。因此我们唯有通过熟读吟诵的训练，才能从其音律节奏中，对一首诗的字句结构及情绪结构有更深的体认，因之也才能对其意蕴神情都有正确的了解。朱自清在其《论诗学门径》一文中，论及理解及鉴赏旧诗的方法时，便曾特别强调过熟读吟诵的重要性：

> 中国人学诗向来注重背诵，俗语说得好："熟读唐诗三百首，不会吟诗也会吟。"我现在并不劝高中的学生作旧诗，但这句话却有道理，"熟读"不独能领略声调的好处并且能熟悉诗的用字、句法、章法。诗是精粹的语言，有它独具的表现法式，初学觉得诗难懂大半便因为对这些法式太生疏之故。学习这些法式最有效的方法是综合，多少该像小儿学语一般，背诵便是这种综合的方法。

朱氏这一段话实在是学诗有得的过来人语，因为诗的声调、用字、句法、章法等，如果只从理论上去学习，则尽管对各种法式都有了清楚的理解，也只是一些死板的法则而已。这正如学语文时只记文法仍无补于实际运用一样。因为任何一种语言在被使用时，都必然各有其不同的综合妙用，此种随时随地的变化，决非死板的法则之所能尽。而况诗人落笔为诗之际，其内心之情意与形式之音律交感相生，其间之错综变化,当然较之日常口语有着更多精微的妙用。凡此种种都非仅凭一些死板的法则所能传授,而唯有熟读吟诵才是学习深入了解旧诗语言的唯一方法。这种训练愈纯熟,则对旧诗之语言产生误解的情形就自然会愈减少,而且古人之写作旧诗者原来也莫不都是从熟读吟诵的功夫训练出来的,如果我们与古代诗人能有相同的训练背景,则对他们所用的语汇、故实的来源及其写作时联想的方向,当然也就会有更深切的体认,因此也才能经由诗人所继承的整个传统来给予一首诗以正确的解说和评价。这些体认决不是仅靠临时翻检一些字书类书所能得到的。现代说诗人往往误以为只有学习写旧诗的人才需要熟读吟诵的训练,而如今旧诗的写作既已脱离了时代青年的需要,因此这种学习方式也就被视为迂腐过时而不再加以重视了。殊不知缺乏这种训练,实在正是现代说诗人对旧诗产生隔膜及误解的一个主要原因。如果我们想把中国旧诗这一项宝贵的文学遗产,完全束之高阁弃不复顾,当然可以不要这种训练,但如果我们仍感到这份遗产中尚有不少宝藏有待于新方法的开采,则企图对之加以重新评定和解说的人们,便该对熟读吟诵这种古老的学习方式,有新的觉醒和实践。这应该是重认中国旧诗传统的基本功夫。

其次我所要提出来的是"入门须正"的重要性。作为一个说诗人,阅读的范围自然越广越好,然而在求"广"之前却必须先求"正"。如果开始时贪求简易,只随便阅读一些浅薄俗滥的诗篇,则一旦习惯养成以后,其终身的欣赏与创作也就往往只能停留在浅薄俗滥的趣味之中而不能自拔了,这乃是学诗的人所当极力避免的。所以入门途径的选择，对于学习旧诗的人是极为重要的事。《诗经》《楚辞》、汉魏古诗、陶谢李杜等大家的作品，是中国旧诗的正统源流，要养成对中国旧诗正确的鉴赏力必须从正统源流入手，这样才一则不致为浅薄俗滥的作品所轻易蒙骗，再则也才能对后世诗歌的继承与拓展、主流与别派都有正确的辨别能力，如此才能够对一首诗歌给予适当的评价。此外，这些一向被旧日诗人所重视的正统源流之作，大都有很好的评本、注本，如果在阅读时能仔细看看前人的评注，则对于旧诗的格律、文义、故实与作法等，便也都可以获致更深一层的了解，这对于初学诗的人也可以有极大的帮助。至于像《唐诗三百首》一类通俗的选本，虽可作为启蒙之用，不过如果要想做一个有见地的说诗人，则决不可只停留在启蒙读本的阶段。任何一个说诗人如果不曾真正对中国旧诗的正统源流之作，有过一番深入研读的功夫，则终身便只有做一个"半票读者"，而不能有成熟深刻的鉴赏能力，这是我们所可断言的。昔叔孙武叔曰："子贡贤于仲尼。"子贡听了，便曾如是回答："譬之宫墙，赐之墙也及肩，窥见室家之好。夫子之墙数仞，不得其门而入，不见宗庙之美，百官之富。"诗歌的欣赏也有如此者。真正具有深微高远之境界的诗篇，并不易懂，因此不得其门而入的读者，便只好在及肩的墙外徘徊，欣赏一些浅易的作品，而终不能有窥其堂奥的机会了。钱锺书在其《谈艺录》中曾批评英人亚瑟·威利之特别推崇白居易诗，以为是威利氏欣赏能力有所不足的证明。他说：

英人 Arthur Waley 以译汉诗得名,余见其 *170 Chinese Poems* 一书,有文弁首,论吾国风雅正变,上下千载,妄欲别裁,多暗中摸索语,宜入群盲评古图者也。所最推崇者为白香山,尤分明漏泄。香山才情照映古今,然词杳意尽,调俗气靡,于诗家远微深厚之境有间未达。其写怀学渊明之闲适,则一高玄、一琐直,形而见绌矣。其写实比少陵之真质,则一沉挚、一铺张,况而自下矣。

威利氏以一西方人士来评赏中国旧诗,其不免有所隔膜,固属情有可原。如果我们以本国人评赏本国诗,竟然也发生这种情形,这就该是一件值得深加反省的事了。因此我们必须对旧诗正统源流的名著都有深入的研读,而且要不贪易不畏难,逐步求进,这才能有登堂入室确实欣赏到"宗庙之美,百官之富"的一日。有些说诗人对一些浅薄的小诗或一些早已为古人用得俗滥了的比喻,竟尔大加称赏,往往不免为识者所笑。这实在就因未能从正统源流下手做一番切实研读的工作,遂致在鉴赏能力方面不免有所偏差或有所不足的缘故。所以入门须正应该是重认中国旧诗之传统,所当注意的又一步功夫。

最后,我所要提出来的则是取前人之诗话词话等批评著述,作为参考和印证的重要性。中国传统的批评著述,虽一向缺乏今日新批评所重视的理论体系,然而其对旧诗鉴赏的深刻之处,却也不是借自西方的新理论及新观点所可完全取代的。传统方式的旧批评，对于一个训练不够的读者而言，虽不免会因其缺乏条理而有模糊影响难以掌握的缺憾，然而对一个已经具备前二种功夫的读者来说，则传统的批评著作便确实能予人不少启发与印证的光照。因为我们在不断地背诵和研读中，虽会有些自己的感受和心得，然而在开始时却往往既不能自信也不能清晰地表白出来。在这种时候，诗话与词话常会提示一些与我们的感受及心得相近或贴切的批评，借着它们的启发和光照，除了可以把我们的所思所感更具体地掌握住，同时还可因此进入一个较之我们的了解更辽阔的境地，获致一片更高远的视野。当然，前人的说法有时也未必完全可信，阅读前人评说时也必须与自己的研读相辅而行，如此才能把自己的心得与古人相印证，而不致尾随其后茫然自失。此外，我们还可以在许多不同评说的比较中，养成对于前人说法的真伪是非的判断力，并从而提高自己的鉴赏力。如果我们确实能就阅读前人之评说与自己之诵读两方面，做双管齐下的努力，则行之日久，相信对于评赏旧诗便自然可以达到如韩愈所说的"然后识古书之正伪与虽正而不至焉者，昭昭然白黑分矣"的境界了。

以上所提出的当然都只不过是一些老生常谈的意见而已，但这些意见却确实是培养中国旧诗之鉴赏力的几项最为重要的基本功夫。我过去担任诗选课时，就因对这些老生常谈之见未加重视，因之在讲课时遂偏重兴趣之启发，但做陶然的欣赏，而未曾督促同学于这些基本功夫下手做实践的努力。这是我及今思之仍不免时时感到愧疚的，因此我才特别提出这些老生常谈之见,希望能借此唤起有志于中国旧诗之研读评析的同学们,对这几种基本功夫加以普遍的注意。决不可因其并无新异动人之处,便目之为迂腐落伍而加以忽略和轻视,也不可因其不易收一时之效,便不肯对之做持久的努力,因为这些基本功夫都是要从积渐的努力中才能真正获得效益的。

我虽不避迂腐不合时宜之讥,愚拙地提出了这些意见,但在今日竞尚新异冀望速成的研究风气下,愿意从这种不能收速成之效的迂腐功夫下手努力的人,究竟能有多少,也仍然大可怀疑。何况即使有了旧传统的修养,但要想进一步拓新中国的文学批评,还更需要对西方文学理论也有相当深刻的认识和了解,而那也同样是一段需时长久的历程,因此想要求得一位同时兼具旧修养与新学识的说诗人实在极不易得,而要想为中国旧诗开拓出一条新的批评途径,使之既能有新的建树而又不致迷失旧的传统,却又非兼具新旧两种学识修养不可。在这种不得已的情形下,如果欲寻求一补救之方,则"集体研究"也许是集思广益的一个最好的办法。如果能采取集体研究的方式,把新旧两方面的意见配合起来,相信我们对于中国旧诗的研究除了不至于交白卷外,还可达到承上启下的文学批评上的历史任务。

在中国旧诗传统已经逐渐消亡的今日,我们当如何自基本功夫下手重认中国旧诗的传统,或如何自集体研讨的尝试中,寻求古为今用、洋为中用的融会之方,这当然乃是目前我们所当思考的重要课题。我很惭愧自己的学识修养不足,在这项工作中未能献上当献的力量。然而古人有言"愚者千虑或有一得",本文中所提出的一些杂乱的意见,也许可以有供今日说诗人参考采择之处,这便是我撰写此文的最大愿望了。

《人间词话》境界说与中国传统诗说之关系

王静安先生的《人间词话》，在形式上虽然承袭了中国旧日诗话词话的古老传统，似乎全无理论体系可言，可是从他对自己所提出的"境界"所做的一些说明来看，如"造境"、"写境"、"主观"、"客观"、"有我"、"无我"、"理想"、"写实"等区分，则无疑的也曾受有西方文学理论不少的影响。他之想要为中国文学建立批评体系和开拓新径的用心，乃是显然可见的。只可惜他的理论内容为其词话之形式所拘限，因而对其中一些重要的批评概念和批评术语的义界，以及其理论与实践相结合的关系，都未能做周密的系统化的说明，这当然是一种极大的缺憾。我以前在《人间词话中批评之理论与实践》[①]一文所做的工作，主要便正是想从静安先生所

---

① 见《文学评论》第一集，页一九一—二九一，台北：书评书目社，一九七五。

停止之处向前做进一步的拓展，把其中缺乏体系的一些散漫的概念，加以组织和理论化之说明的一种尝试。当时为了立说方便起见，我所采取的讨论方式，乃是以其基本理论之境界说作为起点，然后对其理论之内涵及批评之实践做平面展开而加以讨论的，然而却未尝对其境界说与中国旧日传统诗说之关系，做追源溯流式的纵面的历史探讨。其实《人间词话》一书之成就，其特色本来就在于虽受西方理论之影响而却不被西方理论所拘限，只不过是择取西方某些可以适用的概念来作为其诠释中国传统诗词和说明自己见解的一项工具而已。所以要想深入探讨《人间词话》的境界说，便需要对中国传统的诗说也具有相当的了解。我在《人间词话中批评之理论与实践》一文的开端曾经提出说，词话中之前九则乃是其重要的理论之部，然而其后我却只讨论了其中前八则词话，而对于其第九则词话则竟然只字未曾提及，那便因为这一则词话正是追溯静安先生之境界与旧日传统诗说之关系的一个重要关键，而中国诗说既有着数千年之传统，其所牵涉者实过于悠远庞杂，既不能以一笔轻轻带过，而如果要对之做详细之追寻探讨，则又不免于一开端即将读者引入一条漫长而歧出之支流，似反而徒乱人意，所以乃决定将这一则词话留到最后再对之加以单独的探讨，如此则我们便可以有较为从容之余裕来对《人间词话》之境界说与中国传统诗说之渊源，做一番稍具系统的追溯和说明。

在展开讨论之前，首先让我们将这一则词话抄录出来一看：

严沧浪《诗话》谓:"盛唐诸公(按当作人),唯在兴趣,羚羊挂角,无迹可求,故其妙处,透澈玲珑,不可凑拍(按当作泊),如空中之音、相中之色、水中之影(按当作月)、镜中之象,言有尽而意无穷。"余谓北宋以前之词亦复如是。然沧浪所谓"兴趣",阮亭所谓"神韵",犹不过道其面目,不若鄙人拈出"境界"二字为探其本也。

从这段话来看,他既然说:"北宋以前之词亦复如是。"可见他乃是认为他所赞美的北宋以前的词,与沧浪所赞赏的"羚羊挂角,无迹可求","透澈玲珑,不可凑泊"的盛唐诗,原是有着相同之"妙处"的。而且他又曾提出沧浪之所谓"兴趣"及阮亭之所谓"神韵"来与他自己所标举的"境界"相比较,以为前二者不过"道其面目"而他自己的"境界"才"探其本",由此又可见他所标举的"境界"与沧浪之"兴趣"及阮亭之"神韵"也是有着相通之处的。现在就让我们把这三者之间的关系异同以及这种品评在中国传统诗说中发展的情形来做一次扼要的探讨。

一、严沧浪以禅悟为喻的兴趣说

先谈严沧浪的兴趣说。《沧浪诗话》在中国诗话一类作品中,可以说乃是流行极广、影响极大而引起的争论也极多的一本作品。其流传广与影响大,当然乃是因为他的诗论确实探触到了中国诗歌中一种特殊的"妙处",而其引起的争论多,则是因为他对自己的诗论并不能做理论上的说明,而只能以禅家之妙悟及一些恍惚的意象来作为喻示,因此后世之说者就也不免各以自己的意会为不同之解说,并发为毁誉不同的批评。现在我们无暇对各家不同之诠释多做介绍,只就《沧浪诗话》本身来看,则全书共分五章,其中首章之《诗辨》实为其基本之诗论,而其说诗之主旨则在于"以禅喻诗",故尔于开端一节,便首先提出禅家之流派云:

> 禅家者流,乘有小大,宗有南北,道有邪正,学者须从最上乘具正法眼,悟第一义。若小乘禅,声闻辟支果,皆非正也。[①]

又以禅家之流派喻诗家之流派云:

> 论诗如论禅:汉魏晋与盛唐之诗则第一义也;大历以还之诗则小乘禅也,还落第二义矣;晚唐之诗则声闻辟支果也。[②]

关于沧浪这种"以禅喻诗"之说,后世曾有不少人对之提出过质难,其主要之意见,大约有以下二种。一者认为禅与诗

---

① 郭绍虞:《沧浪诗话校释》,页一〇。
② 同上。

为截然二事,不可混为一谈。如刘克庄之《题何秀才诗禅方丈》,即曾云:"诗家以少陵为祖,其说曰:'语不惊人死不休。'禅家以达摩为祖,其说曰:'不立文字。'诗之不可为禅,犹禅之不可为诗也。"①又一者认为沧浪之论禅家流别多有乖谬,如冯班之《沧浪诗话纠谬》即曾云:"沧浪之言禅,不惟未经参学,南北宗派、大小三乘,此最是易知者,尚倒谬如此,引以为喻,自谓亲切,不已妄乎。"②沧浪之所以引起这些质难,主要当然是由于他自己的说法原来就缺乏具体之理论,而其喻示又不尽明白确切的缘故。其实沧浪立论的主旨实在乃是想要标举出诗歌中一种重要的质素,然而他自己对这种质素却又无法加以思辨性的析说,所以乃欲借禅为喻,而他对于禅学所知又甚浅,于是乃不免引喻失当,而引起不少疑难和批评。因此我们如果想要明白沧浪论诗之主旨,倒不如把他在开端论禅家流派的一段话暂时撇开不谈,而直接探讨一下,他以禅喻诗所要说明的一种诗歌中之要素究竟是什么。关于此点,《沧浪诗话》曾给了我们一句简单的解答,那就是"大抵禅道惟在妙悟,诗道亦在妙悟……惟悟乃为当行,乃为本色"③,从这段话可见沧浪之以禅喻诗,盖原在提示诗歌中一种"妙悟"的作用。然而"妙悟"两个

---

① 刘克庄:《题何秀才诗禅方丈》,见《后村大全集》卷九九,页一下,上海涵芬楼影旧抄本第二四册。
② 冯班:《沧浪诗话纠谬》,见《萤雪轩丛书》第四册,卷四,页八八下—八九上,近藤元粹评订,日本明治二五年嵩山堂藏版。
③ 郭绍虞:《沧浪诗话校释》,页一〇。

字，也仍嫌过于简单抽象不易掌握，于是沧浪遂又给我们举了一些例证说："然悟有浅深，有分限，有透澈之悟，有但得一知半解之悟。汉魏尚矣，不假悟也，谢灵运至盛唐诸公，透澈之悟也。"①然而这一段话却又给后世读者带来了另一层疑难，那就是沧浪在前面以禅喻诗时既然曾经以汉魏与盛唐并举，说："汉魏晋与盛唐之诗则第一义也。"在论及妙悟时，也曾说"汉魏尚矣"，可见汉魏之诗在"妙悟"方面原来也当是第一流的作品。然而他却又马上说其"不假悟"，这一点当然最足以引起读者的困惑。所以张健在其《沧浪诗话研究》一书中，即曾提出说："沧浪行文并不曾做到十分谨严的地步，前面将'汉魏晋与盛唐之诗'并列为'第一义'，后文突然又来一则补充意见，把它拦腰切成两段，而云：'汉魏尚矣，不假悟也。'如此则几乎又把'惟悟乃为当行，乃为本色'那一句肯定的断语否决了。"②其实沧浪所言，并未将前面论"妙悟"的说法否定，只是沧浪曾经注意到了汉魏的诗与盛唐的诗，在达到"妙悟"的过程中，原来略有一点差别。所以在讨论"汉魏尚矣，不假悟也"之前，我们实在应该对于"盛唐之悟"先有一番了解。而且沧浪所标举的"妙悟"也确实是以"盛唐之悟"为主的。在《沧浪诗话》的《诗辨》一章之结尾，他便曾经特别提出说：

---

① 郭绍虞：《沧浪诗话校释》，页一〇。
② 张健：《沧浪诗话研究》，页二一一二二，一九六六。

> 故予不自量度,辄定诗之宗旨,且假禅以为喻,推原汉魏以来,而截然谓当以盛唐为法。①

从《诗辨》一章开端之以禅喻诗,提出"妙悟"之说,到结尾之定论以盛唐为法,沧浪所标举的妙悟之说,其以盛唐之妙悟为主,可以说乃是显然可见的。那么盛唐的诗又是怎样一种妙悟呢?关于这一点,沧浪在《诗辨》一章中,也曾有所说明,我们现在就将这段话抄录出来一看:

> 夫诗有别材,非关书也,诗有别趣,非关理也。然非多读书多穷理则不能极其至,所谓不涉理路不落言筌者上也。诗者,吟咏情性也。盛唐诸人,唯在兴趣,羚羊挂角,无迹可求,故其妙处,透澈玲珑,不可凑泊,如空中之音、相中之色、水中之月、镜中之象,言有尽而意无穷,近代诸公,乃作奇特解会,遂以文字为诗,以议论为诗,夫岂不工,终非古人之诗也。盖于一唱三叹之音有所歉焉。且其作多务使事,不问兴致,用字必有来历,押韵必有出处,读之反复终篇,不知着到何在。②

在这段话中他所标举的"兴趣"之说以及他所提出的一些象

---

① 郭绍虞:《沧浪诗话校释》,页二四—二五。
② 同上书,页二三—二四。

喻式的解说，实在乃是想要了解沧浪诗论的最好参考资料。静安先生能够越过《沧浪诗话》中以禅喻诗的一层障碍，而提出这一段有关兴趣的说法来做沧浪诗论的重点所在，实在可以说是具有过人的见地。近人郭绍虞氏在其《沧浪诗话校释》一书中，便也曾提出说："沧浪之兴趣说和他的所谓妙悟是分不开的，而他所谓悟，又与他的言禅是分不开的。"① 可见"兴趣"说，实在乃是了解沧浪禅悟之说的一个重要关键所在。

二、兴趣之义界——诗歌中兴发感动之作用

关于"兴趣"二字的义界，《沧浪诗话》中对之虽无详细的说明，然而从沧浪所做的一些喻示来看，可见沧浪乃是体悟到诗歌中自有一种重要的质素，可以使之达到"言有尽而意无穷"之"一唱三叹"的效果。而这种质素又与"读书"、"穷理"、"文字"、"才学"、"使事"等属于积学修养的功夫都并无必然之关系。不过沧浪虽有此种体悟，却又对此种质素之来源并无清楚之认识，遂不得不以禅家之妙悟为喻说。然而"禅"与"诗"既然并不全同，沧浪对禅也并无深入之了解，所以从《沧浪诗话》中谈禅的话来追寻他的诗论，乃不免常有矛盾抵牾之处；倒不如从其"兴趣"之说来加以探讨，反而容易掌握其要旨所在。那么他所提出的"兴趣"，

---

① 郭绍虞：《沧浪诗话校释》，页三八。

又究竟指的是诗歌中哪一种质素呢？关于这一点，我以为他在提出"兴趣"之前所说的"诗者，吟咏情性也"一句话，实在极可注意，而"兴趣"二字本身的字义也可以给我们很大的提示。他所谓的"兴趣"应该并不是泛指一般所谓好玩有趣的"趣味"之意，而当是指由于内心之兴发感动所产生的一种情趣，所以他才首先提出"诗者，吟咏情性"之说，便因为他所谓的"兴趣"，原是以诗人内心中情趣之感动为主的。而"兴"字所暗示的感兴之意，当然也包含了外物对内心的感发作用。像这种对于"心"、"物"之间兴发感动之作用的重视，在中国诗论中，实在有着悠久的传统，《毛诗·大序》中便曾经有过"情动于中而形于言"[1]的话，《礼记·乐记》更曾经有过"人心之动，物使之然也"[2]的话，可见在中国诗论中，原来早就注意到了诗歌中情意之感动与外物之感发作用的重要性。其后魏晋之世，当诗人对于创作与评赏有了更为清楚明白的自觉时，对于这种心物之间的感发作用，也就开始有了更为详细的说明，如钟嵘《诗品》在其序文之开端便曾提出说："气之动物，物之感人，故摇荡性情，形诸舞咏。"[3]刘勰在其《文心雕龙·明诗篇》也曾于开端一节便提出了"人禀七情，应物斯感。感物吟志，莫非自

---

[1] 《毛诗·大序》，见阮元校勘《十三经注疏》，《毛诗》卷一，页五，嘉庆二〇年江西南昌府学本。

[2] 同上书，《礼记》卷三七，页一。

[3] 陈延杰：《诗品注》。并参考拙著《钟嵘〈诗品〉评诗之理论标准及其实践》，见本书。

然"①的话，可见由外物而引发一种内心情志上的感动作用，在中国说诗的传统中，乃是一向被认为诗歌创作的一种基本要素的。至于其可以感动内心之"外物"究竟何指，则在钟嵘之《诗品序》中，有一段话颇可供为参考之用。现在我们就把这段话录出来一看：

> 若乃春风春鸟，秋月秋蝉，夏云暑雨，冬月祁寒，斯四候之感诸诗者也。嘉会寄诗以亲，离群托诗以怨。至于楚臣去境，汉妾辞宫；或骨横朔野，或魂逐飞蓬；或负戈外戍，杀气雄边；塞客衣单，孀闺泪尽；或士有解佩出朝，一去忘返；女有扬蛾入宠，再盼倾国。凡斯种种，感荡心灵，非陈诗何以展其义？非长歌何以骋其情？②

从这段话来看，可见足以"感荡心灵"的"物"乃是兼指外在自然界之节气景物，与人事界之生活际遇而言的。因此在中国诗歌的传统中，谈到表现的技巧，便也一贯是以"比兴"与"赋"体并重的。一般人只知道"比兴"的作法其间有着由感兴所引发的联想作用，却往往忽略了在"赋"体的叙述中，同样也需要先在内心中具有一份真正兴发感动的情意，然后才能写出有感人之力的诗篇来。只不过"比兴"的作品，多

---

① 刘勰：《文心雕龙·明诗》卷二，页一七，世界书局，上海，一九三五。
② 陈延杰：《诗品注》，页一七。

取材于自然界所引发之感动，"赋"体的作品多取材于人事遭际所引发之感动而已。其实无论其为前者或后者，总之，唯有这种发自内心的感动，才是使诗人写出有生命之诗篇的基本动力。至于"才气"、"学问"、"使事"等，虽可以有助于一位诗人在写作时达到更深广或更精美之成就，然而诗歌的基本生命却依然有赖于诗人内心深处之一种兴发感动的力量，而决非仅靠"学问"、"使事"等所可取代。所以沧浪在论及"兴趣"时，才说"诗有别材，非关书也，诗有别趣，非关理也"，其所谓"别材"便当指诗人所特具的一种善感的材质，而其所谓"别趣"，便也正当指诗歌中所表现的一种感发的情趣。这种材质和情趣与读书穷理当然并无必然之关系，然而沧浪却也并未尝抹煞"读书""穷理"对于表达这种感动之可以有所助益，因之遂又说："然非多读书多穷理则不能极其至。"只是沧浪诗论所重视者却决非这种积学修养的功夫，而是诗歌中之基本生命，也就是诗人内心深处的一种兴发感动的力量。但可惜沧浪对此种体悟却又缺乏反省思辨的析说能力，于是遂把这种难以诠释的感发作用，喻之为禅家之妙悟。而从禅家之悟"第一义"来看，则汉魏与盛唐之诗原来都是属于"第一义"的作品，也就是说汉魏与盛唐之诗，就"禅悟"之比喻而言，同样是具有充沛之兴发感动作用的诗篇。至于沧浪在后面又提到"汉魏尚矣，不假悟也"的话，那便因为汉魏之诗与盛唐之诗，虽同具兴发感动之力量，然而却又有着一些根本上的差别。其不同之处，主要盖在于汉魏之诗更为质朴真切，无论叙事、抒情、写景，较之盛唐之诗都更为直接，更不需要任何装点或假借,而且汉魏诗多以情事为主,纯粹写景的诗并不多见。至于盛唐之诗,则渐重装点假借等表现之媒介,而且描写自然景物之作,在唐代也已然蔚为大宗。因此如果就兴发感动这种作用而言,那么重视表现之媒介,以及由景物之叙写而引发言外之意的这一类作品,其兴发感动的过程当然更为明显易见。至于以情事为主的质朴直接之作,则在表现上虽然似乎缺少由"此"及"彼"的感发之过程,可是其兴发感动的力量却实在早已就存在于其质朴直接的叙写之中了。这应该才是沧浪之所以说"汉魏尚矣,不假悟也"的真正的缘故。不过汉魏诗虽不易见其感发之过程,却又实在具有一种感发之力量,所以沧浪也仍将之列为禅悟之"第一义"。至于盛唐之诗较之汉魏之诗当然更容易见到其感发之过程,这正是何以沧浪之论"妙悟",特别提出说要"以盛唐为法"的缘故。至其后中晚唐以降的作品则渐重辞藻工力之精美,可是属于兴发感动的这份诗歌原始的生命力,却反而日渐浇漓,所以沧浪乃曰:"大历以还之诗则小乘禅也,已落第二义矣。"又曰:"晚唐之诗则声闻辟支果也。"虽然他的这种说法曾被后人批评认为与禅宗大小乘之分别并不尽合,不过沧浪本非说禅,而意在说诗,这种比喻只不过借以慨叹中晚唐以来之诗歌,其兴发感动之力已渐趋没落消亡而已,纵偶然有一二妙句,而其兴发感动之力,则不足以贯全篇。这也就是所谓"一知半解之悟"了。至于宋代之诗歌则沧浪所见到的江西派之诗人,往往多以文字议论为诗,对诗歌中这一份兴发感动之力,竟尔完全不加重视,所以他才提出说:"近代诸公，乃作奇特解会，遂以文字为诗，以议论为诗，夫岂不工，终非古人之诗也。盖于一唱三叹之音有所歉焉。"所以沧浪论诗乃独倡禅悟，又以"兴趣"为说与禅悟相发明，便正因为他对于诗歌中应该具有这一份兴发感动之基本生命力，特别有所体悟的缘故。只可惜沧浪语焉不详，不仅使后世解说《沧浪诗话》的人引起无数猜测和纷争，而且也因为他论诗独标盛唐，遂开明代七子"诗必盛唐"的剽袭模拟之风，空具外表之格调，一意仿唐人之声调、格律、开阖、承转，而究其内容，则对于沧浪所名之曰"兴趣"的这一种兴发感动的力量，竟反而一无所有，而这便因为后人对其诗说之主旨所在，并未能有深刻透彻之了解的缘故。所以谈到沧浪的诗论，对于其兴趣说所标示的这一种兴发感动之力的重视，必须首先有所了解，这是对于沧浪诗论所当具的基本认识。

三、王阮亭的神韵说及其与兴趣说之关系

以上对于沧浪之兴趣说既然已经有了大致的了解，现在就让我们对于阮亭之所谓"神韵"之说，也尝试一加探讨。阮亭在诗话中，实在并没有关于"神韵"的专论，他之所以以神韵说著称，只是因为一则他在早年曾经编选过唐律绝句五七言若干卷授子启涑兄弟读之，名曰《神韵集》[①]。再则他

[①] 见金荣撰《渔洋山人精华录笺注》所附年谱，页六上，凤翙堂康熙五〇年刻本。

在晚年所写的《池北偶谈》中，于述及汾阳孔文谷之诗说时，也曾有一段论及神韵之语。他早年所编选的《神韵集》今已不传，对其内容无法详知。现在我们只好先把他在《池北偶谈》中，涉及神韵的一段话录出来一看：

> 汾阳孔文谷（天胤）云："诗以达性，然须清远为尚。薛西原论诗，独取谢康乐、王摩诘、孟浩然、韦应物，言'白云抱幽石，绿筱媚清涟'清也；'表灵物莫赏，蕴真谁为传'远也；'何必丝与竹，山水有清音'、'景昃鸣禽集，水木湛清华'清远兼之也。总其妙，在神韵矣。"神韵二字，予向论诗首为学人拈出，不知先见于此。①

在这段话中，其所标举的"神韵"之作大约有两点特色：一则是风格以"清远"为尚，再则是大多为山水自然的写景之作。而就其所举之诗例言，则他乃是认为但写幽雅之景物者为"清"，由景物而引发一种情意上之体悟者为"远"；总清远二妙，则为神韵。可见所谓"神韵"者，盖当指自山水景物之叙写中，可以表达一种情趣使人有所体悟的作品。这一段话虽为阮亭引述他人之语，然而却也足可代表阮亭自己对于"神韵"的看法。因为一则观阮亭之口吻，对其所引述的说法既表示全部赞同，再则观阮亭其他评诗之语，也与此种看法有着不少相合之处。例如在《渔洋诗话》中，他便说过

---

① 王士禛：《池北偶谈》卷一八，页六上，见《渔洋续集》，康熙八年刊本。

如下的话:

> 律句有神韵天然不可凑泊者,如高季迪"白下有山皆绕郭,清明无客不思家",曹能始"春光白下无多日,夜月黄河第几湾",李太虚"节过白露犹余热,秋到黄州始解凉",程孟阳"瓜步江空微有树,秣陵天远不宜秋"是也。余昔登燕子矶有句云:"吴楚青苍分极浦,江山平远入新秋。"或庶几耳。①

从这段话可见他所认为"神韵天然"的诗句,乃大多为自外界景物引发一种感兴体悟之作。这种感兴体悟之所以被名之曰"神韵"者,如果从字面来看,则"神"字原可指一种微妙超绝之精神的作用,"韵"字原可指一种涵蕴不尽之情趣的流露。前面所举的一些诗句之所以被目为"神韵"之作,盖即因其能由外在之景物,唤起一种微妙超绝的精神上之感兴,而写诗的人却只提供了外在的景物,并不直接写出内心的感兴,于是便自然有一种涵蕴不尽的情趣。如果从这种兴发感动的作用而言,则阮亭之所谓"神韵"与沧浪之所谓"兴趣",实在颇有可以相通之处。所以阮亭乃以"不可凑泊"来形容"神韵",也正如沧浪之以"不可凑泊"来形容"兴趣"。而且沧浪之论诗也曾有"诗之极致有一,曰入神"②之语,他

---

① 王士禛:《渔洋诗话》卷中,页三上,见丁福保辑《清诗话》本。
② 郭绍虞:《沧浪诗话校释》,页六。

的意思便也正是指的诗歌中由感发之力所引起的一种微妙的精神作用,可见阮亭在字面上所使用的"神韵"二字,与沧浪之诗论也未尝没有关联。因此阮亭在其诗论中,不仅曾对沧浪极致赞美之意,而且也常以"禅悟"、"兴会"为言。如其在《蚕尾续文·画溪西堂诗序》中,即曾云:

> 严沧浪以禅喻诗,余深契其说。①

又在《分甘余话》中云:

> 严沧浪论诗拈妙悟二字,及所云不涉理路,不落言诠,及镜中之象,水中之月,羚羊挂角,无迹可寻云云,皆发前人未发之秘。②

又在《池北偶谈》中,论王右丞之诗云:

> 大抵古人诗画,只取兴会神到,若刻舟缘木求之,失其旨矣。③

又在《渔洋诗话》中云:

---

① 王士禛:《画溪西堂诗序》,清七略堂校刊本《带经堂全集》第二七册《蚕尾续文》卷七四,页一六下。
② 王士禛:《分甘余话》卷二,页九上,康熙四九年庚寅淮南黄义刊版。
③ 王士禛:《池北偶谈》卷一八,页一一上。

萧子显云:"登高极目,临水送归,早雁初莺,花开叶落,有来斯应,每不能已。须其自来,不以力构。"王士源序孟浩然诗云:"每有制作,伫兴而就。"余生平服膺此言。①

从这几段话,我们不仅可以看到阮亭对沧浪论诗之语的引述推崇,而且也可以看到阮亭之所谓"兴会"原也是指"有来斯应,每不能已"的一种感发作用,与沧浪之所谓"兴趣"、"禅悟"大有近似之处。沧浪之以"禅悟"喻诗,原来就因为禅悟也是得自于一种偶然的触发感悟,譬如世尊之拈花,迦叶之微笑,"拈花"只是使人感发觉悟的一个媒介而已,也正如外界自然之景物,有时可以引发情意上之一种感动,也只是一种媒介,而诗歌之妙处则在于可以表现由这种感发所引起的一种"言外之情意"。这种感兴,当然并非只靠"读书""明理"所能获致的。所以要"伫兴而就",因此沧浪乃标举"兴趣",阮亭亦以"兴会"为言。凡此种种,都可证明阮亭与沧浪一样,也是对诗歌中这种兴发感动之质素的重要性有所体悟的。

四、神韵说与兴趣说的主要分歧

不过阮亭与沧浪在重视这种兴发感动之质素一方面虽

---

① 王士禛:《渔洋诗话》卷上,页一三。

有相通之处，可是他们二人的诗说，却实在有着一点重要的差别，那就是阮亭所称赏的诗篇，乃大多为五七言律绝，而且大多是叙写山水景物的王孟一派清远之作。而沧浪则不仅对于盛唐诗人中才力雄健的李杜二家备至推崇，而且对于汉魏古诗，也同样认为是禅悟中"第一义"的作品。其所以造成此种差别的缘故，主要盖在于沧浪对于"心"与"物"之间的感发作用有着较广的认识，而阮亭则较为狭隘之故。关于这一点，我们在前面研讨沧浪之兴趣说时，已曾论及沧浪之所以把汉魏诗与盛唐诗并列为禅悟中之第一义，便因为汉魏古诗在质朴的情事叙写之中，其本身原来早就已经含有一种兴发感动的力量。而沧浪又说汉魏之诗"不假悟"，也便因为汉魏古诗并不需要借景物之叙写来造成兴发感动之过程，而其本身已自有感动之作用及效果。此外我们还曾在前面引过《诗品序》的话，以之说明感动人心的"物"，实在并不只限于自然界之节气景物而已。人事界之生活遭际，同样也是一种足以感动人心的"物"。因此沧浪虽重视感兴作用而标举"兴趣"、"禅悟"之说，然而在其诗评一章中，却依然能对杜甫之《北征》《兵车行》《垂老别》等叙写时代战乱民生疾苦的诗篇，同样加以赏识。而阮亭标举"神韵"的结果，乃只能欣赏五七言律绝叙写山水自然之作。至其晚年所编选之《唐贤三昧集》，且竟然对李杜二家一字不录。然则沧浪与阮亭二人，虽然对诗歌中这种兴发感动之质素的重要性，都曾经有所体悟，可是一广一狭，一者兼重人事之感发，一者则偏重自然之感兴，其差别之处岂不显然可见。翁方纲《七言诗三昧举隅》即曾云：

> 渔洋选《唐贤三昧集》，不录李杜，自云："仿王介甫《百家诗选》之例。"此言非也。先生平日极不喜介甫《百家诗选》，以为好恶拂人之性，焉有仿其例之理。以愚窃窥之，盖先生之意有难以语人者，故不得已为此托词云耳。先生于唐贤独推右丞、少伯以下诸家得三昧之旨，盖专以冲和淡远为宗，若选李杜而不取其雄鸷奥博之作，可乎？吾窥先生之意，固不得不以李杜为诗家正轨也，而其沉思独往者，则独在冲和淡远一派，此固右丞之支裔而非李杜之嗣矣。①

翁方纲本来是想对"神韵"二字加以广义之解释的一位说诗人，所以在其"神韵"论中便曾经提出说："有于实际见神韵者，亦有于虚处见神韵者，有于高古浑朴见神韵者，亦有于情致见神韵者，非可执一端以名之也。"②又曾说："神韵者，彻上彻下无所不该……非堕入空寂之谓也。"③见翁氏对于"神韵"二字之体会，原是较阮亭为广泛的。所以他对阮亭所标举的"神韵"，乃一方面既想为之辩护，而一方面却

---

① 翁方纲：《七言诗三昧举隅》，页四下—五上，见丁福保辑《清诗话》本。
② 翁方纲：《神韵论》下篇，道光甲申开雕，光绪丁丑重校《复初堂文集》第三册，卷八，页九下。
③ 同上书，上篇，页七上。

又不得不对阮亭之偏爱王孟一派作品颇有微词,因此曾批评阮亭说:"彼新城一叟,实尚有未喻神韵之全者。"①又说:"渔洋诗专取神韵而不能深切。"②这便都是由于阮亭所标举的"神韵"说,虽然对诗歌中之感发作用也有所体会,然而却不免为王孟之家数所拘限,因而乃不免失之褊狭之故。所以阮亭在表面上虽然也不敢轻视李杜,可是他真正爱好赞赏的,则是王孟一派清远之作,这种偏失乃是无可讳言的。

至于有人因阮亭之崇王孟而抑少陵,因此遂推论以为沧浪之所赏爱者亦复如此,如黄宗羲在《张心友诗序》一文中便曾经说:

> 沧浪论诗虽归宗李杜,乃其禅喻谓:"诗有别才,非关书也,诗有别趣,非关理也。"亦是王孟家数,与李杜之海涵地负无与。③

朱东润在其《王士禛诗论述略》一文中,亦曾云:

> 大要渔洋论诗远绍沧浪,沧浪之说,内崇王孟,

---

① 翁方纲:《神韵论》上篇,道光甲申开雕,光绪丁丑重校《复初堂文集》第三册,卷八,页七下。
② 同上书,下篇,页一〇上。
③ 黄宗羲:《张心友诗序》,见《南雷文约》卷四,页九下,宣统二年上海时中书局印行《梨洲遗书汇刊》第五册。

阴抑少陵。论及杜诗往往为惝恍之语，盖意本不在杜，而不敢昌言，则故为此辞耳。①

这种论说，实有不尽可信之处。盖沧浪固不仅在开端《诗辨》一章叙述其基本之诗论时，曾表示对李杜之尊崇，即在其他各章中亦曾屡次举出李杜之诗来加以赞美。如其在《诗评》一章中即曾云：

> 李杜数公，如金鷄擘海，香象渡河，下视郊岛辈，直虫吟草间耳。②

又说：

> 少陵诗宪章汉魏而取材于六朝，至其自得之妙，则前辈所谓集大成者也。③

又说：

> 少陵诗法如孙吴，太白诗法如李广。④

---

① 朱东润：《王士禛诗论述略》，见《文学家与文学批评》第三册，页一七，广文书局，一九七一。
② 郭绍虞：《沧浪诗话校释》，页一六二。
③ 同上书，页一五七。
④ 同上书，页一五六。

又说：

> 子美不能为太白之飘逸，太白不能为子美之沉郁。太白《梦游天姥吟》《远别离》等，子美不能道；子美《北征》《兵车行》《垂老别》等，太白不能作。论诗以李杜为准，挟天子以令诸侯也。①

从这些引述，我们不仅可以见到沧浪固非如朱东润氏所云"内崇王孟，阴抑少陵"者，而且也可以见到沧浪所欣赏的李杜之作，原来正是他们二人博大深厚之诗篇，而决非仅只是王孟的家数而已。至于朱氏又说沧浪论杜"往往为惝恍之语"，以为如此便足以证明沧浪之"意本不在杜"，这种说法也是强辩之词，因为"往往为惝恍之语"，原来乃是《沧浪诗话》之通病，如果以为"惝恍之语"便不可信，那么沧浪之诗话便几乎无一语可信了。这种误会，便源于一般读者对于沧浪的禅悟兴趣之说，未曾有彻底的了解，既不能分辨他的禅悟只是一种喻说，其所重者原只在诗歌中感发作用之与禅悟相近似，而并不是要求诗歌中一定要表现什么清静幽微的禅理，更未能分辨兴趣所暗示的心与物之间的兴发感动作用，原来也并不限于自然界之景物而已，同时亦可兼有人事之种种情境遭遇而言。如果能够分辨出这些差别，我们便会了解沧浪之兴趣说，其主旨盖仅在提出诗歌中兴发感动这种

---

① 郭绍虞：《沧浪诗话校释》，页一五六。

质素的重要性，原来并不拘限于王孟或李杜之家数。至于阮亭之神韵说，则虽然也重视诗歌中这一种兴发感动之质素，可是一方面他之所重者既独偏于以自然起兴的王孟一派清远之作，再则另一方面他有时也确实有以禅义来论评诗歌者，这实在是阮亭对沧浪之"以禅喻诗"的一种误会，如其在《蚕尾续文·画溪西堂诗序》中，即曾云：

> 严沧浪以禅喻诗，余深契其说，而五言尤为近之。如王裴辋川绝句，字字入禅。他如"雨中山果落，灯下草虫鸣"，"明月松间照，清泉石上流"……妙谛微言，与世尊拈花、迦叶微笑等无差别。①

又在《居易录》中云：

> 象耳袁觉禅师尝云："东坡云：'我持此石归，袖中有东海。'山谷云：'惠崇烟雨芦雁，坐我潇湘洞庭。欲唤扁舟归去，傍人云是丹青。'此禅髓也。"予谓不惟坡谷，唐人如王摩诘、孟浩然、刘眘虚、常建、王昌龄诸人之诗，皆可语禅。②

---

① 王士禛：《画溪西堂诗序》，清七略堂校刊本《带经堂全集》第二七册《蚕尾续文》卷七四，页一六下。
② 王士禛：《居易录》卷二〇，页九下，清木刻版。

从这些引证，都可以见到阮亭之神韵说，虽然曾受有沧浪之影响，然而在实质上却与沧浪之兴趣说已经有了极大的差别。后人因阮亭之偏爱王孟家数，而以为沧浪亦复如此，更因沧浪之"以禅喻诗"，有误以为"以禅说诗"，这实在完全由于对二家之诗说，未能有清楚之了解和辨别的缘故。只是阮亭对兴发感动之作用的体认虽较沧浪为狭隘，可是他的神韵说却隐然也有着纠正沧浪诗说之流弊的用心。那便因为如我们在前面所言，沧浪标举"兴趣"推尊盛唐的诗说，在明代七子中，已经产生了一种只知模仿盛唐外表之格调，而内容反而空泛无物的流弊，所以阮亭乃又以"神韵"相标榜，其用心当然也还是想唤起诗人们对诗歌中这种感发作用的重视。然而不幸阮亭自己对这种体悟又不免失之褊狭，而其偏爱以自然写景唤起感发之情趣的这种倡导，遂又造成了一种把空泛写景之诗认为佳作，但却把真正感动之力反而置之不顾的另一种流弊。所以钱锺书在其所著之《谈艺录》中，即曾对之加以批评说：

> 渔洋天赋不厚，才力颇薄，乃遁而言神韵妙悟，以自掩饰。一吞半吐，撮摩虚空，往往并未悟入，已作点头微笑，闭目猛省，出口无从，会心不远之态，故余尝谓渔洋之病在误解沧浪，而所以误解沧浪亦正为文饰才薄，将意在言外，认为言中不必有意，将弦外余音，认为弦上无音，将有话不说，认为无话可说。①

---

① 钱锺书：《谈艺录》，页一一四，开明书局，上海，一九三七。

这一段批评,可以说确实道中了阮亭神韵之说的最大流弊。

五、境界说、兴趣说及神韵说之比较

经过以上的探讨,我们对于沧浪之兴趣说及阮亭之神韵说,已经有了一个大概的认识。现在就让我们把这二种说法,与静安先生之境界说再来一作比较。关于"境界"一词义界之所指,我们在讨论《人间词话》时,已曾对之做过详细的解释,当时我们曾为之下过一个结论说:"境界之产生,全赖吾人感受之作用;境界之存在,全在吾人感受之所及。因此外在世界,在未经过吾人感受之功能而予以再现时,并不得称之为境界。"① 从此一结论来看,可见静安先生所标举之境界说,与沧浪之兴趣说及阮亭之神韵说,原来也是有着相通之处的。那就是静安先生所谓之"境界",也同样重视"心"与"物"相感后所引起的一种"感受之作用",不过他们所标举的词语不同,因此其所喻指之义界,当然也就有了相当的差别。沧浪之所谓"兴趣",似偏重在感受作用本身之感发的活动;阮亭之所谓"神韵",似偏重在由感兴所引起的言外情趣;至于静安之所谓"境界",则似偏重在所引发之感受在作品中具体之呈现。沧浪与阮亭所见者较为空灵,静安先生所见者较为质实。这是从他们所标举的词语义界之不同,所可见到的差别。如果就他们三个人对诗歌中这

---

① 《文学评论》第一集,页二〇六。

种重要质素之体认而言，则沧浪及阮亭所标举的，都只是对于这种感发作用模糊的体会，所以除了以极玄妙的禅家之妙悟为说外，仅能以一些缥悠恍惚的意象为喻，读者既对其真正之意旨难以掌握，因此他们二人的诗说，遂都滋生了许多流弊；至于静安先生，则其所体悟者，不仅较之前二人更为真切质实，而且对其所标举之"境界"，也有较明白而富于反省思考的诠释。如其《人间词话》第六则，即曾云：

> 境非独谓景物也，喜怒哀乐亦人心中之一境界，故能写真景物真感情者，谓之有境界，否则谓之无境界。

这一则词话实在极可注意，因为一则他以"景物"与"感情"并举，足以纠正阮亭之但知推赏自然写景之作，以为如此方有神韵的一种偏失；再则他又提出了"真景物"、"真感情"之说，特别加重于作者自己真切之感受的一点，又足以补足沧浪之但知尊崇古人，标举盛唐，而不能指出"兴趣"的根源所在的一种偏失。所以对这一则词话中"真"字的理解极为重要，它所指的并非仅是外在景物或情事实际存在的"真"，而是指的作者由此外在景物或情事所得的一种发自内心的真切之感受，而这种感受作用，也就正是诗歌的主要生命之所在。无论是写景、叙事或抒情，也无论是比体、兴体或赋体，总之，都需要诗人内心中先有一种由真切之感受所生发出来的感动的力量，才能够写出有生命的诗篇来，而如此的作品也才可称之为"有境界"。如果没有这种从内心中产生出来的真正感动的力量,而对景物情事只做平平板板的记录,或者在陈腔滥调中拾人牙慧,则其所写便决不得谓为"真景物"、"真感情",此种作品当然便是所谓"无境界"。这一则词话所表现的体认和说明,当然较之沧浪、阮亭二人要明白切实得多了。而且在这一则词话中,静安先生又曾特别提出"能写"二字,可见纵然有真切之感受仍嫌未足,还更须能将之表达于作品之中,使读者也能从作品中获得同样真切之感受,如此才完成了诗歌中此种兴发感动之生命的生生不已的延续。所以静安先生乃云:"沧浪所谓'兴趣',阮亭所谓'神韵',犹不过道其面目,不若鄙人拈出'境界'二字为探其本也。"这句话实在并非妄自尊大之言,而是确实有其可信之处的。而且《人间词话》中,还有另一则词话,也颇可供为参考补充之用者,那就是静安先生又曾说过:

> 言气质,言神韵,不如言境界。有境界,本也,气质、神韵,末也,有境界,而二者随之矣。①

如果说诗歌之生命在于"心"与"物"相感的一种作用,那么"气质"二字之所指,只是作者心灵所本具的一种资质,而"神韵"之所指,则只是作品写成后的一种效果。一为作品之前所已具,一在作品完成之后方具有。而静安先生所提出的"境界",则是指诗人之感受在作品中具体的呈现,如

---

① 《人间词话删稿》第一三则,见王幼安校订《人间词话》,页二二七。

此则所谓"境界",自然便已经同时包括了作者感物之心的资质与作品完成后表达之效果而言了。所以说"有境界,而二者随之矣"可见静安先生对于诗歌中这种感发之生命,较之以前的说诗人,确实乃是有着更为真切深入之体认的。何况静安先生更曾参以西方之理论概念,就作品中"物"与"我"之关系,写作时所取之态度,与写作所用之材料等各方面,对于"境界"之内涵做了"有我"、"无我"、"主观"、"客观"及"理想"、"写实"等各种逻辑性的区分,这种细密的解说和分析,当然就更非沧浪与阮亭之所及了。只可惜静安先生所采用的批评术语"境界"二字,其义界也仍然不够明晰,所以后人虽曾对"境界"二字,尝试做过种种不同的解说,然而却对于此二字所提示的"感受之作用"的一点,一直未曾加以注意,而如此则不仅对于《人间词话》无法有正确的了解,同时对于境界说与兴趣说及神韵说的渊源异同,当然也就无从做出正确的追溯和比较了。

六、三种诗说产生之时代背景及时代与诗论之关系

其实"境界"之重视感受作用在作品中具体之呈现,与"兴趣"之重视感发作用本身之活动,及"神韵"之重视由感发所引起的言外之情趣,其重点虽各有不同,然而如果就这三种诗说产生之时代背景而言,则他们却都是因为有见于当时诗歌中属于兴发感动的这一种质素之逐渐消亡,因此才倡为种种诗说的。沧浪之兴趣说,乃是针对当时盛行的江西

诗派之"以文字为诗，以议论为诗"的补偏救弊之言。所以郭绍虞在其《沧浪诗话校释》一书中，即曾云：

> 沧浪在当时看到了江西诗之流弊，又看到了永嘉四灵欲转移江西诗风而无其才力，……所以毅然以矫正诗风自任。他的诗论就是为救时弊而发的。①

阮亭之"神韵"说，则是针对当时格调派的模拟因袭之风气的一种补偏救弊之说。所以翁方纲在其《神韵论》中即曾云：

> 有明一代，徒以貌袭格调为事，……所以赖有渔洋首倡神韵以涤荡有明诸家之尘滓也。②

至于静安先生的境界说，则是针对清代词坛之宗法南宋，重视工巧堆垛之风气的一种补偏救弊之说。所以王镇坤在其《评人间词话》一文中，即曾云：

> 有清一代词风，盖为南宋所笼罩，……往往堆垛故实，装点字面，……先生目击其弊，于是倡境界之说

---

① 郭绍虞：《沧浪诗话校释》，页三七。
② 翁方纲：《神韵论》下篇，道光甲申开雕，光绪丁丑重校《复初堂文集》第三册，卷八，页一〇。

以廓清之。《人间词话》乃对症发药之论也。①

从以上的论析来看,可见中国历代诗论虽有各种不同的流派和主张,然而其兴衰更替的变化,却隐然是有着一线脉络可循的。只是本文主旨盖仅在追溯和比较《人间词话》所提出的境界说与沧浪之兴趣说及阮亭之神韵说的关系异同,而对中国诗论中,重视兴发感动之作用的整个传统,则未暇做详细的说明。其实在中国诗论中,除了重视声律格调用字用典等,偏重形式之艺术美一派的各家主张外,其他凡是从内容本质着眼的,盖无不曾对此种兴发感动之力量有所体会和重视,只是因为不同之时代,各有不同之思想背景,因此各家诗论,当然也就不免各有其偏重之点。周秦两汉之际,在儒家思想笼罩之下,于是遂有"比兴""言志"之诗论,虽然也曾注意及"心"与"物"之感发的作用,然而其重点却全以政教感化之实用的价值为主。如孔子论诗之从"可以兴,可以观",到"可以群""可以怨"以及"事父""事君"之说,和《毛诗·大序》之从"情动于中而形于言"到"美教化,移风俗",这种种说法都可以作为此一派诗论之代表。至于魏晋以来,则儒学既已逐渐式微,于是一般文士遂对于文学之独立性有了普遍的觉悟,于是当日之诗论,遂亦对"心"与"物"之感发作用,有了纯艺术性的体认,如陆机《文赋》所提出的"遵四时以叹逝,瞻万物而思纷",及钟嵘

---

① 王镇坤:《评人间词话》,见《文学家与文学批评》,第四册,页一二一。

《诗品》所提出的"气之动物,物之感人",与刘勰《文心雕龙·明诗篇》所提出的"人禀七情,应物斯感"等种种说法,便都可以作为此一派诗论之代表。及至佛学盛行之后,其禅宗一派渐与中国固有之道家思想相融汇,因此对于"心"与"物"之感发的作用,遂又有了另一番新的体认,因此对诗之品评,乃又形成了一种玄妙的喻说之方式,严羽之以禅悟喻诗,自然便是此一派诗论的最好代表。而后此之诗论,遂多不免有严氏之影响,王阮亭的神韵说,当然便是其中最好的一个例证①。至于静安先生之境界说的出现,则当是自晚清之世,西学渐入之后,对于中国传统所重视的这一种诗歌中之感发作用的又一种新的体认。故其所标举之"境界"一词,虽然仍沿用佛家之语,然而其立论,却已经改变了禅宗妙悟之玄虚的喻说,而对于诗歌中由"心"与"物"经感受作用所体现的意境及其表现之效果,都有了更为切实深入的

---

① 除王渔洋外,明清以来之诗论,如黄宗羲所云:"诗人萃天地之清气,以月露风云花鸟为其性情,其景与意不可分也。"(见黄宗羲《景州诗集序》,《南雷文约》卷一,页三下。)王夫之云:"情景虽有在心在物之分,而景生情,情生景,哀乐之触,荣悴之迎,互藏其宅。"(见《姜斋诗话》卷一,页三下,《清诗话》本。)袁枚云:"鸟啼花落,皆与神通,人不能悟,付之飘风。"(见《续诗品》,页三下《神悟》条,《清诗话》本。)又云:"凡诗之传者,都是性灵,不关堆垛。"(见《随园诗话》卷五,第三三则。)凡此,其所标举之"性情"、"情景"、"性灵"诸说,盖亦莫不重在心灵与外物相交的一种感发作用。唯是本文但以追溯境界说与兴趣、神韵二说之关系异同为主,至于其他各家诗说之源流本末,则以篇幅所限,故尔未暇详论。

体认，且能用西方之理论概念作为析说之凭借，这自然是中国诗论的又一次重要的演进。

七、中西诗论之比较及今后所当开拓的途径

如果以中国诗论与西方诗论相比较，我们便会发现在西方的诗论中，对于这种兴发感动的作用，原来也是早就有所体会的。只是在西方早期的文学中，因为受神话之影响，他们曾经一度把这种感动认为乃是得自于外来神灵之助力，而未曾注意到这种灵感原来只是由于诗人之心与外物相接触所引发的一种感发作用。所以荷马在其史诗的开端便曾向缪斯女神呼求灵感的降临[①]。苏格拉底在其与吟诗家伊安（Ion）的对话中，于论及诗人之创作时，也曾经说："人无法作诗，除非当他的灵感受到鼓舞。"[②]柏拉图虽然反对诗人进入他的理想国，可是在提到诗人时，他也曾说过："诗人必须仰赖神圣的疯狂。"[③]从这些话都可见到，在西方文学理论中，他们对于诗歌中这种感发的作用，原来也是早就有所体悟的，只是在早期的时候，因不知其来源之所自，曾将之一度认为"神圣之助力"或"神圣的疯狂"而已。不过西方毕竟是长

---

① Homer: *Iliad*, Book 1, p.1, rendered into English blank verse by Edward Earl of Debby, John Murray, London, 1864.

② Plato: *Dialogues*, translated by Benjamin Jowett, 3rd ed., 1892, Passage No. 534.

③ William K. Wimsatt, Jr. & Gleanth Brooks: *Literary Criticism: A Short History*, p.9, Alfred A. Knopf, N. Y., 1969.

于逻辑分析的民族，因此自亚里士多德以来，便开始为诗歌建立了一种从文学本身来分析的理论规模。其后又由于各派哲学、美学、心理学等日新月异的发展，于是在西方文学批评中遂产生了对于作家之心理、直觉、意识、联想等，分别做研究对象的各种理论学派，迄于近世之批评，则又转而为对作品本身之字质、结构、意象、张力等之探讨研究。如果将这些学说，与中国传统一向所重视的兴发感动之作用相参看，则兴发感动之作用，实为诗歌之基本生命力。至于诗人之心理、直觉、意识、联想等，则均可视为"心"与"物"产生感发作用时，足以影响诗人之感受的种种因素，而字质、结构、意象、张力等，则均可视为将此种感受予以表达时，足以影响表达之效果的种种因素。如果用《人间词话》中静安先生的话来说，则前者应该乃是属于"能感之"的种种因素，后者则是属于"能写之"的种种因素。这两类因素，在诗歌中当然都占有极重要之地位，只是这些因素之所以重要，却仍然有赖于诗歌中先须具有一种兴发感动之生命力始可为功。正如沧浪所云："诗有别材，非关书也，诗有别趣，非关理也，然非多读书多穷理则不能极其至。"所以就一位作者而言，这些因素都只不过是可能使其作品达到更精美更完整之效果的一些附加条件而已，而作品之真正生命的获致，则仍在于作者之心与外物相交接时，所产生的一种兴发感动的力量。至于就一位说诗者而言，则他对于诗歌的评赏，自然也当以能否体认及分辨诗歌中这种感发之生命的有无多少为基本之条件。不过说诗者之责任，却原不仅在于能感受，而更在于能够予以诠释和说明。如此，则在诗歌中所蕴含和表现的这些"能感之"、"能写之"的种种因素，自然便是他所赖以分析和说明的主要凭借。所以如果不能探触到诗歌中真正生命之所在，不能分辨其"境界"之有无深浅，对一首诗歌的好坏以及有无评说之价值都无法做出正确的判断，这样当然无法成为一位优秀的说诗人；然而如果在探触感受到诗歌中这种生命力之后，而无法对之做精密的分析和说明，当然也同样无法成为一位优秀的说诗人。西洋文学批评的今日之病，乃在过于仅在理论上求苛细，有时反不免斫丧忽略了其本有的生命力，而中国的传统诗论，则对于诗歌中这种兴发感动的生命，虽然颇有深切的体悟，然而却可惜又终于未能发展成精密完整的理论体系。那便因为中国说诗人所采取的，原来也是与诗人相同的重感发的态度，而却未能采取说诗人所当具有的重分析的态度。所以中国诗话词话中，乃充满了一些主观印象式的批评，这种品评，虽然也不乏名言警句，而有时也确实探触和掌握了一首诗歌的真正生命之所在，更且通过其意象式的评说也使之达到了生生不已的感动效果。可是却往往因缺乏理性逻辑的分析，而不能将这种感受和体认，做正确完整的说明。这实在是中国传统诗论中一个主要的缺憾。至于中国现代的说诗人，则虽然认识和学习了西方理论的长处，可是却又因为对中国旧传统已逐渐生疏，不仅不能正确掌握到一首古典诗的生命所在，而且甚至有时对其字义句法都产生了误解，这当然是又一种可惋惜的缺憾。所以如何学习并掌握中国旧日传统文学批评的优点，并进而与西方批评中长于理论分析的优点相结合，实在应当是我们现在所当思考的重要课题。而且在时代之演变前进不已的今日，文学的批评实在也已经又标示了另一个发展的新方向，那就是对于文学批评之社会性的重视。因为任何一位作者，任何一篇作品，以至于任何一个评诗人，都决不可能超然于社会之上而绝世独立。所以文学批评所当注意的，除了我们在以上所曾提到过的"能感之"与"能写之"的，属于作者及作品个体的因素外，同时就更当注意到其所以产生此种作者与此种作品的许多外在的社会因素。因为作者的意识形态，也就是他所生存之社会中的一些生活及意识的反映，所以同样是"能感之"，然而其所感者为何种社会之感受；同样是"能写之"，然而其所写者为何种社会之题材。凡此种种，当然也是今后从事文学批评者所该注意到的一些重要问题。

《人间词话》所提出的境界说，虽然掌握到了中国诗论中重视感受作用这一项重要的质素，可是他所提出的各种说明及例证却仍嫌过于模糊笼统，过于唯心主观，既未能对于作者与作品之"能感之"、"能写之"的各种因素做精密的理论探讨，也未能对于其"所感"、"所写"之内容的社会因素做客观反映的说明。凡此种种，当然一方面由于静安先生这位评诗人，也同样受到了他自己所生之时代以及他自己之思想意识的局限；另一方面也由于他所采取的词话之体式，也原来就不适宜于做精密和广泛的探讨说明。而静安先生之所以从他早期文学批评所采用的论文的形式，又回归到了中国传统的词话的形式，当然也显示了静安先生在当日中国的新旧文化激变之时代中，因为不能随时代以俱进，遂终于自探索求新而又复归于保守恋旧的一种认同混乱之矛盾心理。这种心理在现实生活上，曾经成为导致他终于自沉身死的一项重要因素，而在文学批评方面，也成为了限制他更向前求新求变的一个重大的阻碍。关于其为人与治学及其自沉之悲剧，我曾另写有专文讨论①。至于对他的文学批评，则我们所做的只不过是把他的一些重要概念以及他所努力的方向，略加系统化地分析说明而已。至于如何对其缺憾之处加以补足，对其错误之处加以纠正，并从而为中国文学批评开拓出一条更为博大正确的途径来，当然还有待于后之贤者的不断的努力。

---

① 见拙著《从性格与时代论王国维治学途径之转变》，《香港中文大学学报》第一卷第一期，一九七三年三月；又：《一个新旧文化激变中的悲剧人物——王国维死因之探讨》，同上，第三卷第一期，一九七五年十二月。

中国古典诗歌中形象与情意之关系例说

从形象与情意之关系看"赋"、"比"、"兴"之说

谈到形象与情意之关系,首先要牵涉到诗歌之特质。诗歌之所以异于散文者,除去外表的声律之美外,更在于诗歌特别具有一种感发的素质。诗歌是诉之于人之感性的,而不是诉之于人之知性的。《毛诗·大序》说"情动于中,而形于言",诗歌的创作,首先需要内心有所感发而觉得有所欲言,这便是诗歌之孕育的开始,然后要以文字将这种感发加以适当的传达,使读者也能产生一种感发,这便是诗歌之生命的完成。因此诗歌之创作,基本上必须经过由孕育到传达两个阶段。而诗歌之评赏,则当以其所传达出来的感发生命之浅深厚薄之质量,为品第之标准[①]。在这种情形下,我

[①] 请参看本书《钟嵘〈诗品〉评诗之理论标准及其实践》,以及《〈人间词话〉境界说与中国传统诗说之关系》二文。

们要想讨论诗歌中形象与情意之关系，当然便也要对于形象在诗歌之孕育和形成方面所产生的作用，以及在传达方面所造成之效果，来从事多方面的了解和分析，才可以有比较周详和正确的认识。本文的目的，就是想以一些诗歌作为具体的例证，对于诗歌中之形象与情意之关系，做一种实际的多方面的探讨。至于有关形象之理论，则一则国内所发表之论文对这方面讨论已多，不需笔者在此更做无谓之重复，再则过于拘牵于理论，有时也不免会造成一种所谓"理障"，反而使得从事于实例之探讨时，失去了随物赋形委曲达意的方便。因此本文之写作，除了偶尔必须引用理论为说明外，主要以实例之分析探讨为主。

至于探讨之步骤，则拟分三个部分来进行。首先我们从中国最早的一部诗歌总集《诗经》中的一些诗例来展开讨论，尝试从这些诗例中之形象与情意之关系，对于中国最古老的诗论"赋"、"比"、"兴"之为义作一探讨，为本文所要讨论的主题，奠定一个最根本的基础；其次我们将举引古今诗歌作品中一些不同性质的个例，对于诗篇中所使用的形象与其所传达之感发生命之质量究竟有怎样关系的问题，依其感发生命之浅深薄厚的层次略加讨论和分析；最后我们将举引历代名诗人的一些优秀的代表作品作为个例，对于诗歌中形象之使用及其与感发作用之形成的整体关系，做一种深入剖析的说明。只是如我在前文所言，我现在所要叙写的只不过是个人在教学时体会之一得而已，我在本文中所举引的诗例和所提出的观点，很可能会有不少褊狭局限之处。何况严格说来，凡属诗歌中感发之生命，其孕育和形成都必然各有不同的过程和面貌，则其形象与情意之间当然也就各有不同的复杂的关系，要想对之加以普遍周至的分析，自非本文之所能尽，然而愚者千虑或有一得，因此便想尝试将自己之一得也姑且写下来，供国内讨论"形象思维"的朋友们做一点参考，也希望得到国内朋友们的指正。

一、"赋"、"比"、"兴"之为义及"比"、"兴"二体中形象与情意之关系

对于诗歌中之形象与情意之关系，我们之所以要从《诗经》中之"赋"、"比"、"兴"之说谈起，这一则因为在中国诗歌传统中，其形象与情意之关系原曾有过一段由单纯而渐趋繁复的过程，从早期的诗歌来展开讨论，可以使我们对于这种演进过程，有更为清楚的认识和了解；再则也因为"赋"、"比"、"兴"之说，是关于诗歌中感发生命之孕育和形成的一项非常重要的理论，对于"赋"、"比"、"兴"之说有了基本的认识，可以使我们在以后展开对诗歌中之形象与感发作用之关系的探讨时，有不少方便之处。因此在本文的开端，我们便将先举引一些《诗经》中之个例，对于"赋"、"比"、"兴"三名之为义略加说明。

本来关于"赋"、"比"、"兴"三名的提出，最早是出于《周礼·春官·大师》及《毛诗·大序》，与所谓"风"、

"雅"、"颂"并列,称为"六诗"或"六义"①,历来经学家和文学家对于此"六诗"或"六义"都曾有过许多不同的解说,在国内所刊载的很多篇论文中,对此已曾有过不少讨论,本文不想再一一重加征引。总之,就一般观念而言,"风"、"雅"、"颂"所指的是诗歌的三种不同的内容性质②,"赋"、"比"、"兴"所指的则是诗歌的三种不同的表达

---

① 关于《周礼》之时代,《汉书·艺文志》著录但云"《周官经》六篇,《周官传》四篇",未言作者及时代;又《汉书·河间献王传》云:"献王所得书,皆古文先秦旧书,《周官》……之属,皆经传说记七十子之徒所论。"则《周官》盖先秦旧书也;又荀悦《汉纪·成皇帝纪》载云:"(刘)歆以《周官》十六篇为《周礼》,王莽时歆始奏以为《礼经》,置博士。"是《周官》改称《周礼》之始;或以为周公所制作,《隋书·经籍志》云:"《周官》盖周公所制官政之法,……至王莽时刘歆始置博士以行于世。"后世今文学家疑之,以为乃刘歆所伪作;然据《汉书·艺文志》于《乐经》之下载云:"六国之君,魏文侯最为好古。孝文时得其乐人窦公,献其书乃《周官·大宗伯》之《大司乐》章也。"是《周官》之书六国时已有之矣,纵非周公制作,然其时去古未远,"六诗"之说,恐非无据也。至于《毛诗》之《大序》《小序》及其作者与时代之问题,则聚讼更多,张西堂《诗经六论》中《关于毛诗序的一些问题》一章,搜辑旧说有数十种之多,可以参看。《毛诗》之大、小序其时代自较《周礼》为晚,无论作者为谁,其"六义"之说显承《周礼》之"六诗"而来,不过因《大序》原为《诗》之《序》,不需更称"六诗",故改称"六义"耳。

② 关于"风"、"雅"、"颂"三名之为义,历代学者有很多不同的说法,大别之,约可分为以下三类:其一是从教化方面立说的,如《毛诗·大序》之释"风"云:"风,风也,教也,风以动之,教以化之。"释"雅"云:"雅者,正也,言王政之所由废兴也。"释"颂"云:"颂者,美盛德之形容,以其成功告于神明者也。"其二是从诗之内容方面立说的,如朱熹《诗集传》,其释"风"云:"风者,民俗歌谣之诗也。"释"雅"云:"雅者,正也,

方法①。如果我们不用旧日经学家的牵附政教的说法，而只从"赋"、"比"、"兴"三个字的最简单最基本的意义来加以解释的话，则所谓"赋"者，有铺陈之意，是把所欲叙写的事物加以直接叙述的一种表达方法；所谓"比"者，有拟喻之意，是把所欲叙写之事物借比为另一事物来加以叙述的一种表达方法；而所谓"兴"者，有感发兴起之意，是因某一事物之触发而引出所欲叙写之事物的一种表达方法。姑不论这三种解说是否果然合于《周礼》及《毛诗》中所谓"六义"或"六诗"的原意，总之，这种朴素简明的解说却实在表明了诗歌中情意与形象之间互相引发、互相结合的几种最基本的关系和作用。现在就让我们对诗歌中这三种不同的最基本

（接上页）正乐之歌也。"释"颂"云："颂者，宗庙之乐歌。"其三是从音乐方面立说的，如梁启超在其《周秦时代之美文》所附《释"四诗"名义》一文，以为"风"是不歌而诵的；"雅"与"夏"古字相通，"夏音犹言中原正音"；"颂"即"容"之本字，从《乐记》说："舞，动其容也。"所以"三颂之诗都是古代跳舞的音乐"；又以为"南""也是诗之一体"，也是"一种音乐"。其他关于"风"、"雅"、"颂"之解说尚多，而诸说之间又往往相互影响纠缠，即如朱熹《诗集传》在释"风"为"民俗歌谣"之诗一句后，便又曾云："风者，以其被上之化以有言，而其言又足以感人，如物因风之动以有声，而其声又足以动物。"这便又俨然是主教化之说了。而其《朱子全书》中之《诗纲领》，于论及"六义"之时，则又曾云："风、雅、颂，乃是乐章之腔调。"便俨然又是主音乐之说了。凡兹种种，不暇遍举，不过大别之为三类以见一斑而已。

① 关于"赋"、"比"、"兴"之义，历代学者众说纷纭，较之"风"、"雅"、"颂"之争论更为复杂。前代学人的有关学说、引证及论述甚为宏富，可以参看。

的表达方法，分别做一探讨。

从表面上看来，在这三种诗歌的表达方式中，"比"和"兴"二种作法，似乎都明白地显示了"情意"与"形象"或"心"与"物"之间，有着由此及彼的某种密切关系，而与"赋"之直接陈述者显然有所不同，这种区别自然是比较明白可见的；至于"比"和"兴"二者，则既然都有着"心"与"物"之间由此及彼的某种关系，而其所用以"比"或"兴"的"物"之形象，在表现效果中又都具有相当重要的作用，因此这二种的区别就不像其与"赋"之不同那么易于区分了。所以前人对于"比"、"兴"二者之为义，就曾滋生了许多使人混淆困惑的说法，这主要是因为前人欲以政教风化之说来解释被尊称为《诗经》的这本诗歌总集里面的作品，所以不免就牵涉上了许多美刺之意，如果我们不做过多的牵涉，而单纯只就诗歌之艺术表现手法而言，那么也许我们可以为"比"、"兴"二者在表现手法方面的差别，提出一些根本上的歧异之点来。首先就"心"与"物"之间相互作用之孰先孰后的差别而言，一般说来，"兴"的作用大多是"物"的触引在先，而"心"的情意之感发在后，而"比"的作用，则大多是已有"心"的情意在先，而借比为"物"来表达则在后，这是"比"与"兴"的第一点不同之处。其次再就其相互间感发作用之性质而言，则"兴"的感发大多由于感性的直觉的触引，而不必有理性的思索安排，而"比"的感发则大多含有理性的思索安排。前者的感发多是自然的、无意的，后者的感发则多是人为的、有意的,这是"比"和"兴"的第二点不同之处。所以在理论上说来,"兴"与"比"之不同,原来也该是可以明白区分的。即如《诗经》中《周南·关雎》与《魏风·硕鼠》二篇,前者由"关关雎鸠,在河之洲"的水边沙洲上雎鸠鸟的"关关"的叫声,而引发出"窈窕淑女,君子好逑"的情意,这种感发,就"心"与"物"之间相互作用之先后而言,自然应该是听到雎鸠鸟的叫声在先,而引发起君子想求得淑女为配偶的情意在后,而且这种情意之感发,也应该完全是由于来自外物的直接的感受而引起的,如此则雎鸠鸟之和鸣相应,纵然也许与假想中之夫妇之唱随和乐的生活有相似之处,然而此诗中感发之层次既是由物及心,物在先,心在后,而且感发之性质也是以感性的直接感受为主,而并非出于理性的思索安排,因此我们对于《关雎》这首诗,便一定要将之归入于"兴"的作品,而不得归入于"比"的作品。至于《硕鼠》一诗,从开端二句"硕鼠硕鼠,无食我黍"看来,虽然似乎也是由外物肥大的老鼠的形象写起,可是从下文"三岁贯女,莫我肯顾,逝将去女,适彼乐土,乐土乐土,爰得我所"的叙述来看,则其全诗所写的原来乃是对于剥削重敛者的怨刺,这种情意是明显可见的,而其开端所写的"硕鼠"的形象,则正是诗人对于剥削重敛者的拟比,也就是说当诗人写出"硕鼠"的形象时,他心中早已就有了要将之比拟为剥削重敛者的这种情意,所以就感发之层次而言,这首诗可以说是由心及物,心中之情意在先,物之比拟在后,而且其感发之性质乃是有着理性之安排思索的，是人为的，有意的。所以尽管此诗也是从"硕鼠"之外物的形象开端，我们却决然要将之归入于"比"的作品，而不得归入于"兴"的作品。

从上面我们所举引的两首诗例来看，我们对于"比"与"兴"两种表现手法中，其"心"与"物"之间感发的作用之不同，可以说已经有了基本的认识。然而人心与外物之间的感发，其层次和性质却并不都是如此单纯简明而容易辨别的，所以前人对于《诗经》中某一些诗歌之为"比"为"兴"，便往往有许多不同的说法，而且还有"兴而比"或"比而兴"的模棱两可的说法。现在我们再举三首诗例来加以探讨。其一是《周南·汉广》，其二是《曹风·下泉》，其三是《豳风·鸱鸮》，这三首诗《毛传》都认为是属于"兴"的作品，而《朱传》则以为《汉广》是"兴而比"的作品，《下泉》是"比而兴"的作品，《鸱鸮》则完全是"比"的作品。下面我们对这三首诗的作法究竟应该如何归属加以研析。首先我们看一看《汉广》的首章：南有乔木，不可休息，汉有游女，不可求思。汉之广矣，不可泳思，江之永矣，不可方思。这首诗的内容，主要当然是写诗人对于江汉之间的一个游女虽怀思而不可求得的一份情意，开端的"南有乔木，不可休息"二句，先从"乔木"这一个外物的形象写起。关于"乔木"之为物，据《毛传》的解释云："乔，上竦也。"又说："木以高其枝叶之故，故人不得就而止息也。"《朱传》也说："上竦无枝曰乔。"可见"乔木"的形象是虽然高大使人生可以"休息"之想，然而却因其枝叶皆上耸，除了直立的主干外，并无旁生侧出的广复的荫蔽，所以树虽高大但并无浓荫可为休息之地。这种形象使诗人想到所遇见的游女，虽然此女子出游于汉水之上令人生可求之想，然而事实上也并没有可以求得的机会。这一首诗，就其感发之层次与性质而言，似乎是诗人先见到了眼前枝叶高耸而并无浓荫可资休息的乔木，而触引起他对汉上之游女虽可望见而不可求得之情意的联想，所以原则上本来应该也是归属于"兴"的作品。只不过"南有乔木，不可休息"和"汉有游女，不可求思"的句法既相近①，而且都是先说"有"又说"不可"，情意也相当，所以才使得《朱传》有了"兴而比"的说法。事实上，所谓"兴"的作品既是以感发为主，而情意之感发则可以因人因事而有千态万状的变化，并没有一个固定的模式可以依循，因此所谓"兴"的作品，其"物"与"心"相感发之关系，便自然可以有多种之不同。有时"物"的形象与"心"的情意之间，往往有极为相近之处可以比类而说明者，这实在不仅《汉广》一诗为然，即如《关雎》《桃夭》等篇，其开端之物象，与其下文所引发之情意，也是有着可以类比的近似之处的。这种情形原是"物"与"心"相感发时的一种自然现象，正如陆机在其《文赋》中所说的"悲落叶于劲秋，喜柔条于芳春"，这原是宇宙间一种生命的共感②，物之

---

① "休息"或作"休思"，则"思"为语词与下二句之"不可求思"之句法用字全同，然古本皆作"休息"，不可妄改。
② 参看拙著《几首咏花的诗和一些有关诗歌的话》，见《迦陵谈诗》。

荣枯与心之悲喜，本来就因其有类似之处，所以才引起一种见物起兴的感发，因此陈奂在《毛诗传疏》中就曾经说过"言'兴'而'比'已寓焉"的话，所以《朱传》把《汉广》一诗标为"兴而比"的作品，这不过只是在"兴"的这种诗歌中之一类颇为常见的现象而已。这一类作品，即使有"比"的意味，但是就其感发层次之由物及心，以及感发性质之全出于感性之联想而言，则毕竟仍是属于"兴"的作品，而不是"比"的作品。不过另外也有一些"兴"的作品，其"物"与"心"之相感发的关系，则并没有从理性看来明白的可以相通之处，即如《唐风·山有枢》一篇，其首章云：山有枢，隰有榆，子有衣裳，弗曳弗娄，子有车马，弗驰弗驱，宛其死矣，他人是愉。此诗开端两句"山有枢，隰有榆"的物象，与下文之劝人及时为乐，求衣裳车马之享用的情意，就看不出有什么在理性上可以明白解释的相通之处。《毛传》以为此诗是"刺晋昭公不能修道以正其国，有财不能用……"云云，因释开端二句为"国有财货而不能用，如山隰不能自用其财"，这种解说实在颇为牵强，而且《毛传》既以为此诗是"刺晋昭公不能修道以正其国"，何以全诗又极力劝其为衣裳车马之享用？甚而还有下二章之劝其为"钟鼓""酒食"之享乐的话，这又哪里像是对一个不能修道的国君的讽刺之作呢？所以《朱传》对于此诗，就只注云"兴也"，而于此首二句与下文情意之间的关系，则全然未加解说，这正因为这首诗开端两句的物象，与下文情意之间的关系，在理性上并没有可以明白相通之处的缘故。所以朱熹在其《诗纲领》

一文中，说："诗之兴，全无巴鼻。"①正指的是这一类虽也因物起兴，而在物象与情意间却并不能做出明白解说的作品。所以在属于所谓"兴"的作品中，除了我们在前面所提及的先物后心之感发层次，以及纯属感性之感发性质，这两点可以作为"兴"与"比"之基本区别以外，至于其物与心之间相感发的关系，则可以有多种之不同，自理性之可以解说者到理性之不可以解说者，只要是合于上面两项基本条件的诗歌，便都可以认为是属于"兴"的作品，也就是说是具有一种由外在因素而感发起兴的作品。这种感发关系，也许并非理性可以解说，然而却必然有着某种感性的关联，既可能为情意之相通，也可能为音声之相应，既可能为正面之相关，也可能为反面之相对，而且相同的物象既可以唤起不同的感兴，不同的物象也可以唤起相同的感兴。②这种纷纭歧异而多变化的性质，有时也会被人认为是属于"兴"这类诗歌的一种缺点，使人难以为之界说。然而我却以为这种多方感兴

---

① 《诗纲领》见《朱子全书》卷三五。"巴鼻"盖当时俗语，犹言"把柄"，《朱子语录》往往用之。
② 黄侃《文心雕龙札记》于《比兴篇》即曾云："原夫兴之为用，触物以起情，节取以托意，故有物同而感异者，亦有事异而情同者，循省本诗，可榷举也。夫《柏舟》命篇，《邶》《墉》两见，然《邶》诗以喻仁人之不用，《墉》诗以譬女子之有常；《杕杜》之目，《风》《雅》并存，而《小雅》以譬得时，《唐风》以哀孤立，此物同而感异也。'九罭鳟鲂'，'鸿飞遵渚'二事绝殊，而皆以喻文公之失所；'牂羊坟首'，'三星在罶'，两言不类，而皆以伤周道之陵夷，此事异而情同也。"据台北明伦出版社一九七〇年出版之《文心雕龙注》引录，见该书页六〇三。

的现象,并不是一种缺点,而是一种优点,更且是中国重视感发作用之诗歌传统的一种独有的特色。总之,对于"兴"的作品,我们如果必欲于理性求明白之解说,则往往过于拘狭,而如果竟谓其与理性全不相关,则又未免过于宽泛,所以"兴"之取义才会引起前人许多不同的说法。即如朱熹既看到了"兴"之"托物兴辞"、"全无巴鼻"的一面,可是又发现有些"兴"的作品,其物与心之关系,也可以具有某种理性能予以解说的情意存乎其间,因此才又提出"兴而比"的说法。这种说法,表面看来,似乎更增加了"兴"与"比"之为义的困惑,其实只要我们明白了"兴"与"比"在感发层次和感发性质这两方面的基本差别,以及"兴"之感发作用之可以有多种不同样式,则这些困惑便都可以迎刃而解了。

其次我们再来看一看《曹风·下泉》一诗的首章:冽彼下泉,浸彼苞稂,忾我寤叹,念彼周京。这首诗也是前两句写物象,后两句写情意。我们先谈物象。"苞稂"之为物,《毛传》及《朱传》皆以"稂"为"童粱",是一种得水则病的植物;至于"苞",则《毛传》以为"苞,本也",《朱传》以为"苞,草丛生也"。关于这些名物,因并非此处讨论之主题,姑且从略,总之前二句之物象所写的是寒冷而向下流的泉水,浸损了"苞稂"而使之伤病。至于这二句物象与下二句情意之关系,则《毛传》以为是"曹人疾共公侵刻下民不得其所,而思明王贤伯也";《朱传》则以为是"王室陵夷而小国困弊,故以寒泉下流而苞稂见伤为比,遂兴其忾然以念周京也"。表面看来,《毛传》与《朱传》对情意之解说,当然有所不同,但如果就物象与情意之间的关系及作用而言,他们却都是认为首二句的"冽彼下泉,浸彼苞稂"的物象就已经有了喻托之意,只不过《毛传》以为其所喻托者乃是"曹人疾共公侵刻下民不得其所"的意思,而《朱传》则以为是"王室陵夷而小国困弊"的意思。如我们在前面所言,很多原属于"兴"的作品,在感发作用中,其意象与情意之间本来就往往具有可以类比的相通之处,也就是说"兴"而有"比"之意。写这首诗的诗人,因为见到了"苞稂"为寒泉所浸的物象,而想到曹国之"共公侵刻下民不得其所",或想到"王室陵夷而小国困弊",本来也未始不可将之归入于所谓"兴而比"的一类作品,可是这一首诗与前面所举的被视为"兴而比"的《汉广》一诗,却有一点绝大的不同之处,《汉广》之从"南有乔木,不可休息",转到"汉有游女,不可求思",乃是两句写物象,两句写情意,其由物及心的层次是前后分明的,可是这一首诗则是在开端的两句物象中,早就喻托有某种情意了。何况这一首诗下面还有"忾我寤叹,念彼周京"两句,则又是从首二句的喻托之意再引发出来的另一层情意,因此从首二句的喻义到后二句的感叹中,就又有一层"兴"的感发意味,这正是《朱传》何以将之视为"比而兴"的作品的缘故,也就是说将这一首诗的前二句已经看作是情意与物象结合的"比",而从首二句到后二句则又是属于感发的"兴",这种情形是一种比较复杂的例证。

最后我们再看一看《豳风·鸱鸮》一诗的首章:鸱鸮鸱鸮,既取我子,无毁我室,恩斯勤斯,鬻子之闵斯。这一首诗,在内容方面,《毛传》及《朱传》对之有相近的看法,都以为是周公所作，大意谓周公东征管蔡，而成王未知周公之志，故周公乃作此诗，以自述其辅佐成王爱护王室之深意。但在表现手法方面，《毛传》和《朱传》却有不同看法，《毛传》以为此诗是"兴"，而《朱传》则以为此诗是"比"。其所以引起此两种不同看法的缘故，大约有以下数端。首先从诗歌开头所写的"鸱鸮"来看，原是一种外在的鸟之形象，与《诗经》中其他以鸟名起兴的诗篇，如《关雎》《燕燕》《黄鸟》《鸤鸠》等篇，看来颇为相似，因此在直觉上便容易使人认为同是以鸟类起兴的诗篇，所以《毛传》便以之为"兴"，此其一。然而仔细一观察，便又可以发现这首诗中的"鸱鸮"，与其他各篇之以鸟类起兴者实在并不相同：其他各篇都是先写鸟之物象，然后再转入人之情事，其"缘物起兴"的关系是明白可见的；而《鸱鸮》则不然，这首诗中的"鸱鸮"是把"鸱鸮"比拟为有知有情之人而对之呼唤告诫之词，全篇都是以禽鸟之口吻为主的喻托之语，如此则此诗便自然应该是"比"的作品了，所以《朱传》便以之为"比"，此其二。但这种比拟当然也可能是由于眼前曾见到某种有关"鸱鸮"之物象而引起的联想，如此便又似乎仍然有"兴"的意味，此其三。像这种种复杂的因素，当然会使得读者们对于这首诗之究竟为"比"或者为"兴"的区分，增加不少困惑。不过，如果以我们在前文所提出的如何分别"比"和"兴"的两项基本原则来看，则《鸱鸮》一诗似乎应该是先有所要托喻的情意，然后才以"鸱鸮"为喻托之形象者，此其一；而且这种托喻当然也是含有理性之思索与安排的，此其二。所以尽管这首诗有可能被人认为是"兴"的因素,然而却实在仍该是属于"比"的作品,只不过情况较为复杂而已。

除了上面所谈到的"比"与"兴"容易混淆的情况外,就是"赋"与"比"、"兴"之间,有时也同样可以有使人混淆的情况。下面我们对"赋"的作品也做一讨论,然后再对"赋"、"比"、"兴"三者之相异与相通之处,以及中国古代何以标举此三名为写诗与说诗之重要准则的意义,做一个综合的结论。

二、"赋"、"比"、"兴"之次第及"赋"体中形象与情意之关系

本来按照《周礼·春官》的次第,"赋"在最前,"比"次之,而"兴"则在最后,可是现在本文的讨论,却把"赋"放在最后,而把"兴"放在最前,这主要是因为本文讨论的重点与《周礼》中所记载的"大师教诗"的重点有所不同的缘故。关于"六诗"的次第,在《周礼·春官》的原文中是这样写的:"大师教六诗:曰'风',曰'赋',曰'比',曰'兴',曰'雅',曰'颂'。"《毛诗·大序》所提出的诗之"六义",与《周礼·春官》中"六诗"的名称及次第完全相同。孔颖达《毛诗正义》即以为"六义"与《周礼·春官》之"六诗"全同,只因其"上文未有'诗'字,不得径云'六义',故言'六诗',各自为文,其实一也";又曾经对"六义"之次第加以解释,说:"六义次第如此者,以诗之四始以'风'

为先，故曰'风'，'风'之所用以'赋'、'比'、'兴'为之辞，故于'风'之下即次'赋'、'比'、'兴'。"对于孔颖达的这种解说，有些人因孔氏之时代较晚而怀疑其所说未必可信，然而如果据《周礼·春官》的"大师教六诗"中之"教"字来看，则按教学之一般习惯和次第而言，我以为孔说实颇有可取之处。因为既以四始之"风"为教诗之始，而在教诗之际又不得不涉及其表达之方式，所以在"风"之后便继之以"赋"、"比"、"兴"，而此三种表达方式中，又以"赋"最为简单直接，故又以"赋"为先，至于"比"、"兴"二者，则"比"之感发及表达方式又较"兴"为明白而且易解，故又置"比"于"兴"之前，这种道理本来并不难明白。《毛诗正义》也曾引郑众（司农）之言，以为"'赋'、'比'、'兴'如此次者，言事之道，直陈为正"，所以"'赋'在'比'、'兴'之先"，又以为"'比'之与'兴'虽同是附托外物，'比'显而'兴'隐，当先显后隐，故'比'居'兴'先也"。这段话与我们在前面所讲的"比"、"兴"的道理本来非常相近，只是因为有些人对于"'兴'隐"的"隐"字过于深求，所以反而滋生了许多困惑[①]。至于本文以"兴"与"比"之合

[①] 关于比显而兴隐之说，如果只就"情意"与"形象"之关系言之，则"比"有理性之思索，故其关系显明易见，而"兴"则纯属感性之触发，故其关系有时乃隐微难言，其理原至为简单，然而因《毛诗》既往往牵附政教立说，故凡《毛诗》之所谓"兴"者，乃皆以教化深隐之词为之说，因此遂使后之说诗者，对于"兴"之为义，亦喜过于深求。即以宋代之朱熹言之，朱氏之《诗集传》虽有意突破《毛传》之拘限，为"赋"、"比"、

论在先,而将对于"赋"之讨论置于后,则是因为本文所要讨论的主题,既是形象与情意之关系,而且在前文中我们又曾提出过,对诗歌之衡量,当以其所传达之感发生命之有无多少为基本标准。在此两大前提下,则"比"与"兴"的作品,既都具有鲜明的物之形象,又在心与物之间,具有由此及彼或由彼及此的感发作用,因此"兴"和"比"的作品在这方面当然就显得较"赋"的作品更为值得重视了。而"兴"与"比"二者又常常使人有混淆困惑之感,所以本文才将"兴"与"比"合论于先,以便于在比较之中区分其异同,而将对于"赋"的讨论置之于后。这也只是为了讨论起来较为方便而已。

写到这里,我们觉得还有一点应当加以说明的。那就是在"赋"体中的形象与情意之关系的问题。也许有人会以

（接上页）"兴"做了更为简明的解释,说"赋者,敷陈其事而直言之者也","比者,以彼物比此物也","兴者,先言他物,以引起所咏之辞也",又在《诗纲领》中说"诗之兴,全无巴鼻",然而其释《关雎》一诗,虽注明为"兴也",但在解说诗意时却不免受到《毛传》教化之说的影响,而说了一大段有关"雎鸠"这种鸟之"生有定偶而不相乱,常并游而不相狎,故《毛传》以为'声而有别'"等等的话,此种牵强比附之说,与他自己为"兴"所下的定义,实在有不少矛盾之处,因此遂使后人对于"兴"之为义,反而更觉无所适从了。再加之郑玄在《周礼·春官》之"大师……教六诗"一节下,曾注云:"比,见今之失不敢斥言,取比类以言之;兴,见今之美嫌于媚谀,取善事以喻劝之。"而征之《毛传》所目为"兴"之诗,则如《墉风》之《墙有茨》一首,是以恶类恶之词也,而《毛传》乃目之为"兴",可见郑说并不可信,不过使"比"、"兴"之义益增混淆而已。

为"赋"体的作品都是对于情事的直接叙述,并不需要假借"物"的形象来表达,因此就缺少了以形象来直接感动人的力量和艺术性。但其实这只是一种表面的看法。若从诗歌的本质来看,则"赋"的作品既同样可以有形象的表达,而且也同样可以有感发的力量。一般人之所以认为只有"比"和"兴"才是形象的表达,主要是因为在一般人观念中,常误以为只有目所能见的具体的外物,才是所谓"形象",这种看法其实是非常狭隘的。为了澄清这种看法,我想我们应该先就中国传统中对于"象"的观念加以探讨。这就使我们不能不想到《周易》。《周易》基本上就是以"象"为本体写成的。①《周易·系辞》曾说过:"是故易者,象也。"孔颖达在《周易正义》的《序》中,开端第一句话所写的,也是"夫易者,象也"。姑不论八卦本身就是一种符号的形象,即以其六十四卦的每一卦的卦辞及爻辞而言,其所叙写者,也莫不是以各种事物之形象为主的。如果把这些形象加以归类的话,我们大致可以将之区分为三大类:其一是取象于自然界之物象,其二是取象于人世间之事象,其三则是取象于假想中之喻象。举例而

---

① 按《周易》一书全以形象表示义理,《周易·系辞》即曾云:"圣人立象以见意。"王弼《周易略例》亦曾云:"夫象者出意者也。"又云:"尽意莫若象,尽象莫若言,言生于象,故可寻言以观象,象生于意,故可寻象以观意。"其"言辞"与"形象"及"情意"之关系,与诗歌实颇有相近之处。清章学诚《文史通义·易教》下篇,即曾云:"易之象也,诗之兴也。"又云:"易象虽包六艺,与诗之比兴尤为表里。"近人居乃鹏之《周易与古代文学》一文,对此有更为详细之叙述。见《国文月刊》十卷十一期,一九四八年十二月号。

言,如"渐"卦中之"初六"及"九三"的爻辞,其所占示的"鸿渐于干"和"鸿渐于陆"等,所写的是鸿鸟逐渐飞到河岸和高陆上的物象;又如"中孚"卦中"九二"的爻辞,其所占示的"鹤鸣在阴,其子和之",所写的则是鹤鸟在幽阴之处鸣叫而有同类应和之声,虽然"鹤鸣"之声是属于听觉的感受,与"鸿渐"之属于视觉之感受者不同,但却同是属于自然界的物象;再如"蒙"卦中"初六"的爻辞,其所占示的"利用刑人,用说桎梏",所写的则是可以用刑戮于人,和可以脱去罪人桎梏的两件事,这当然不是大自然界的物象,而是人世间的事象,所以《周易正义》就曾经指明说:"此经'刑人'、'说人'。"为"二事象"。又如"升"卦中"六四"的爻辞,其所占示的"王用享于岐山",写的则是文王宴享于岐山的聚会,其性质也是属于人世间的事象,但却并不是一般的事象,而是历史上某一特定的事象,颇近于诗歌中之所谓"用典",不过基本上仍是属于形象之三大类别中的第二类,也就是人世间的事象。再如"乾"卦和"坤"卦中对于"龙"的叙写,如"乾"卦"九二"爻辞之"见龙在田","九五"爻辞之"飞龙在天"和"坤"卦"上六"爻辞之"龙战于野,其血玄黄"等,则其所写之现象既非自然界之实有,也非人事界之实有,而却是假想中的一种喻象,既是假想的喻象,当然便可以在想象中,把自然界或人事界的任何事物,做多种的变化和综合。所以关于形象的分类,基本上我们虽然只将之分为三大类,然而事实上所谓"形象"之含义,则是相当广泛的,无论其为真、为幻,无论其为古、为今,也无论其为视觉、为听觉,或为任何感官之所能感受者,总之,凡是可以使人在感觉中产生一种真切鲜明之感受者,便都可视之为一种"形象"之表达。当我们对"形象"有了这种认识以后,我们便可以对所谓"赋"的作品中,其"形象"与情意之间的关系和作用加以探讨了。

我们现在所要举的诗例,首先是《郑风·将仲子》一首诗,这首诗的第一章写道:将仲子兮,无逾我里,无折我树杞。岂敢爱之,畏我父母。仲可怀也,父母之言,亦可畏也。这首诗是以一个女子之口吻所叙写的对于其所爱之男子的叮咛告诫之词,首先呼叫他的名字"仲子",然后劝告他说:"不要爬过里门来和我幽会,不要在爬树时折断我家杞树的树枝。"又告诉他说:"我并不是爱惜这棵杞树,只是害怕父母的责备。对于你我当然是怀念的,可是父母的话也是我所畏惧的。"像这样直接的叙写,当然是属于"赋"的作品,与"比"和"兴"等作品之标举外物的形象来表现内心之感发者,有着很大的不同,所以有的人就以为"赋"的作品中没有"形象"的表现。可是当我们对于"形象"有了如上一节所讨论过的广义的认识以后,我们就会看到"赋"的作品中,同样也重视"形象"的表现。即如这首诗中的"无逾我里,无折我树杞"等叙写,事实上就都是一种"形象"的表现,只不过并不是"物象"而是"事象"而已,而且广义地说起来,即使是开端第一句之"将仲子兮"的呼唤,其生动真切的口吻,岂不也同样是一种"事象"的表现吗?而也正因为有这些具体的"事象"的叙写,才使得我们对于诗中之男子之热情,与女子的温婉,都有了更为鲜明真切的体认,同时也更增加了这首诗的感人的力量。再如《卫风·硕人》一诗，首章所写的"硕人其颀，衣锦褧衣。齐侯之子，卫侯之妻，东宫之妹，邢侯之姨，谭公维私"诸句，从开端就是对于诗中的女主角庄姜夫人的直接叙写，这当然是属于"赋"的作品，而其首二句所写的实在就是庄姜的鲜明的形象。至于以下数句，表面上看来虽然不是具体的形象，而只是对于庄姜与她的亲族之关系的叙写，可是事实上则"齐侯之子，卫侯之妻，……"等等，对庄姜之身世而言，也可算作一种非常具体的描述，而且也正是由于这种具体的描述，才在多方面的亲族关系中，极为有力地突出了庄姜之高贵的身份和地位，也更增强了读者对庄姜的认识和感受，这实在也同样可以被认为是一种广义的"形象"的表现。以上还是我有意地在"赋"的作品中，挑选出的一些不属于外物之视觉所谓的"形象"的叙写；至于在一般"赋"的作品中，则其所叙写的属于"物"的"形象"实在不仅极为常见，而且往往还可以带有"比"或"兴"的作用。即如《王风·黍离》，其首章所写的：彼黍离离，彼稷之苗。行迈靡靡，中心摇摇。知我者，谓我心忧，不知我者，谓我何求，悠悠苍天，此何人哉。《毛传》及《朱传》都以为此诗是周室东迁以后，大夫重过旧京，见到昔日的宗庙宫室，已经夷为农田，遍地黍稷，因为此诗，以悯周室之颠覆。开端的"彼黍离离，彼稷之苗"，就是对于眼前所见之景象的直接叙写，就此点而言，当然应该是属于"赋"的作品。但同时这两句所写的景象，却也正是引起下文之哀感的一种因素，因此便同时也有"兴"

的作用在其间了，所以《朱传》就说这首诗是"赋而兴"的作品。也许有人会在此提出一个疑问，就是像《关雎》和《桃夭》等诗，开端所写的也是当前的物象，从而引起感发的情意，为什么就只是"兴"而不是"赋而兴"呢？对此，我们可以有一个简单的回答，就是《关雎》和《桃夭》所写的物象，与下文之情意并无必然之关系，只是一种单纯的，甚至不必有理由的感发，而《黍离》所写的物象则本身就是西周旧京已经夷毁的景象，所以纵然有"兴"的作用，也仍该是"赋"的作品。再如《邶风·北门》首章：出自北门，忧心殷殷，终窭且贫，莫知我艰。已焉哉，天实为之，谓之何哉。所写的是卫之贤臣仕不得志的悲慨，开端一句也只是直叙其步出北门的一件情事而已，可是《毛传》及《朱传》却都以为"北门"有"背明向阴"之义，《毛传》虽将此诗标注为"兴"，却又解释说"喻己仕于暗君，犹行而出北门"，那便因为从"背明向阴"的意思来看，"出自北门"便也有了"比"的意思，所以《朱传》就将此诗标注为"比"，可是事实上"出自北门"又是对情事的一种直接叙写，所以《朱传》就在解释中又说此诗是"因出北门而赋以自比"，如此说来当然就又有着"赋而比"的意思了。这是属于"赋"之作品的复杂的情况。

三、从"赋"、"比"、"兴"之重在开端论古人立此三名之主旨所在

就一般而言，本来在所谓"赋"的作品中，使用"比"

的手法的地方实在很多，即如《卫风·硕人》之第二章，就有"手如柔荑，肤如凝脂，领如蝤蛴，齿如瓠犀，螓首蛾眉"等一大堆用比喻来描写的话，然而我却并没有举用这一章诗来作为"赋"的作品也注重形象之叙写的例证，也未曾举用这一章诗来作为"赋"的作品中有"赋而比"之作用的例证，其所以然者，是因为我以为这其间有一点在基本上应该辨明之处，那就是一般所谓用"赋"、用"比"或用"兴"的写作方法，与"六诗"中所提出的"赋"、"比"、"兴"三名的含义，原来是并不全同的，"六诗"中所谓"赋"、"比"、"兴"三名，我们在前面虽也曾将之解说为诗歌的三种表达的方法，然而却并非泛指一篇作品中之任何一句或任何一部分的表达方法，而是特别重在一首诗歌开端之处之表达方法。这种观念我以为与中国古典诗歌之重视感发的传统有着非常密切的关系，也就是说，"赋"、"比"、"兴"三名所标示的实在并不仅是表达情意的一种普通的技巧，而更是对于情意之感发的由来和性质的一种区分。这种区分还不只是指作者的感发，更是兼指作者如何把这种感发传达给读者，从而引起读者之感发的由来与性质而言的。所以特别重在一首诗的开端，也就是说重在作者以何种方式带领读者使之进入这种感发作用之内的。即如所谓"赋"的作品，就其感发之由来与性质而言，便不仅是指作者的感发是由于对情事的直接感受，而且也是指这种作品是以直接对情事的陈述来引起读者之感发的；"比"的作品也是作者先有对情事的感受，只不过是借用物象来引起读者之感发的；"兴"的作品则是作者之感发既由物象所引起，便也同时以此种感发来唤起读者之感发。凡此种种，主要都重在开端时之感发是怎样引起的。这与在一首诗歌的中间偶然使用了一些或"赋"或"比"或"兴"的技巧手法是并不相同的[①]。所以《硕人》一诗的第二章，虽然用了许多比喻，可是就此诗之开端及其感发之基本性质而言，却决然仍是属于"赋"的作品；再如我们在前面所曾举引过的《鸱鸮》一诗，表面看来虽然是用的叙述的"赋"的手法，可是就其开端之借喻为"鸱鸮"的感发性质而言，却该是属于"比"的作品。这种情形，表面上看来颇容易引起人们观念上的混淆，因此有人就为了要对之加以区分起见，而把"六诗"或"六义"中所谓"赋"、"比"、"兴"这种对于诗歌的感发作用之由来及性质作基本区分的名目，加上一个"体"字名之曰"赋体"、"比体"或"兴体"，以表示其与在诗篇之叙写中随意使用的或"赋"或"比"或"兴"的手法，有所不同，这种差

[①] 篇中用"比"之手法者，前文论及《卫风·硕人》一篇之次章时，已曾述及，兹不再赘。至于篇中用"兴"之手法者，《诗经》中虽不多见，而在后人之诗歌中，则往往有之，如李白之《长干行》，就其开端言，原为"赋体"，而其篇中之"八月蝴蝶黄，双飞西园草"数句，则纯属"兴"之手法；又如杜甫之《北征》，就其开端言，也是属于"赋体"之作，而其篇中之"青云动高兴，幽事亦可悦"数句，也大有"兴"的意味，凡此种种，皆可作为篇中亦可以用"兴"的例证。元代傅若金《诗法正论》更曾提出诗在起、承、转、合各处皆可用"兴"之说。至于在"比体"和"兴体"之诗篇中使用"赋"之叙写手法者，则更属随处可见，盖"赋"之叙述，原为诗歌进行之主要手法，"比"、"兴"二种手法，虽可以使诗歌更为生动、真切、灵活，更富于感发之力，然而却仍必须与"赋"之手法相结合，此为常见之现象，不需更为例举。

别当然是应该分辨清楚的 ①。除此以外,我还要说明一点,就是在中国诗论中,又往往有把"比兴"连言的"比兴喻托"之说,因此就有人误会,以为这种"比兴"连言的情形,就如同是《朱

---

① 将篇首用"赋"、"比"、"兴"之"赋体"、"比体"、"兴体",与在篇中偶然使用"赋"或"比"或"兴"之手法混为一谈,自刘勰之《文心雕龙》已有此种误会,其《比兴》一篇曾举例云:"金锡以喻明德,珪璋以譬秀民,螟蛉以类教诲,蜩螗以写号呼,……凡斯切象,皆比义也。"在这一段话中,他所举的"金锡"、"珪璋",原出于《卫风·淇奥》,此数句虽用"比"之手法,然就其开端言之,则《毛传》及《朱传》分别皆以此诗为属于"兴"的作品;又如他所举的"螟蛉"之喻,出于《小雅·小宛》一篇,此诗就其开端言之,《毛传》及《朱传》也都以为是属于"兴"的作品;再如他所举的"蜩螗"之喻,出于《大雅·荡》,此诗就其开端言之,则是属于"赋"的作品,而刘勰却将这种在篇中偶然使用"比"的手法,与所谓"六义"中之"赋"、"比"、"兴"三"体"之重在开端者,混为一谈,他既提出了《毛传》之"独标兴体",却又把《毛传》认为是"兴体"之诗中的"比"的手法,与"六义"之"比体"、"兴体"相并立论;这种混淆是需要加以辨别清楚的。再则刘勰又曾有"诗刺道丧,故兴义销亡"及"日用乎比,月忘乎兴"之言则是因为刘勰对"兴"之为义过于深求,以为非具含美刺讽谕之微言者,不足言"兴",故有"兴义销亡"之叹,不然,则见物起兴原为诗歌常用之手法,无代无之,何得谓之"销亡""月忘"乎? 这是因刘勰被《毛传·郑笺》所拘限而造成的另一误解,也是应该加以辨明的。至于近人又有因"赋体"、"比体"、"兴体"之用"体"字,而将之与传统所谓"风"、"雅"、"颂"为诗之"体","赋"、"比"、"兴"为诗之"用"的体字混为一谈,则又是一种误会,因为"风"、"雅"、"颂"之称为"体"是与"赋"、"比"、"兴"之称为"用"相对而言的;而"赋体"、"比体"、"兴体"之亦称为"体"则是与诗篇中随意使用或"赋"或"比"或"兴"之叙写手法相对而言的,故加一"体"字以表示重在开端时诗篇所传达的感发作用之由来及本质的用意,与"风"、"雅"、"颂"之被称为"体"者,并不相同,这也是应该加以辨明的。

传》中所谓"比而兴"或"兴而比"的意思,其实这其间也是有着分别的。《朱传》所谓"比而兴"或"兴而比",仍是就诗歌开端的感发作用之由来与性质而言的,至于一般之所谓"比兴寄托",则不过指的是诗歌中有意在言外的一种寄托,是一种泛言之词,与"六诗"或"六义"之所谓"比"或"兴"之重在开端的感发之由来及性质者,也并不相同。总之,"六诗"或"六义"中之所谓"赋"、"比"、"兴",其所代表的是诗歌创作时感发作用之由来与性质的基本区分,这种区分本来至为原始,至为简单,要而言之,则中国诗歌原是以抒写情志为主的,情志之感动由来有二,一者由于自然界之感发,一者由于人事界之感发。至于表达此种感发之方式则有三,一为直接叙写(即物即心),二为借物为喻(心在物先),三为因物起兴(物在心先),三者皆重形象之表达,皆以形象触引读者之感发,唯第一种多用人事界之事象,第三种多用自然界之物象,第二种则既可为人事界之事象,亦可为自然界之物象,更可能为假想之喻象。我想这很可能是中国古代对诗歌中感发之作用及性质的一种最早的认识。但可惜《周礼·春官》在记载大师教"六诗"时,只标举了"赋"、"比"、"兴"的名目,而并未加以解说。《毛诗·大序》提出诗之"六义",也曾标举"赋"、"比"、"兴"之名,而对其为义也并未加以解说,其实未加解说,虽使人难以明其所以,但尚不致造成混乱;而使得人们对"赋"、"比"、"兴"的观念开始混乱起来的,实在是由于《诗经》的《毛传》和《郑笺》,以及《周礼》的《郑注》。首先是《毛传》说诗,对于"赋"和"比"都不加标注,却只标明了"兴"体,而如我们在前文所言,"赋"、"比"、"兴"三者在理论上虽有基本的区别,可是在实践中却往往又有可以互通之处,《毛传》既没有理论的说明,又未曾分别标出"赋"、"比"二体的诗例,而且其所标注的"兴"体,义界也极欠分明,这当然是造成观念之混乱的一个原因;再则《毛诗》还有以政教美刺为说的所谓《大序》和《小序》,因此《毛传》和《郑笺》在解说诗意时,遂不免又加上了许多牵附之词,这是造成观念之混乱的另一个原因;三则郑玄在为《周礼》作注时,对于"赋"、"比"、"兴"之为义也曾有过政教美恶的说法,这是造成观念之混乱的再一个原因。而自此以后,一般人之解说"赋"、"比"、"兴"者,遂多不免为这些旧说所囿,纵然有一些才智之士,心具慧解,可是在过去尊经崇古的传统风气下,便也难以完全突破这些观念的拘限以自圆其说了。即如刘勰在《文心雕龙》的《比兴篇》中,本来曾对"比"和"兴"之为义,做了一个非常简明的界定,说:"比者,附也;兴者,起也。附理者切类以指事,起情者依微以拟议。"其"附理"与"起情"之说,与我们在前文中为"比"和"兴"所划分的界限,说"比"是"理性"的,而"兴"是"感性"的,两种说法实在极为相近。也就是说《文心雕龙》的作者刘勰,实在已经探触到了"比"和"兴"在感发性质方面有着根本的区分,可是刘氏却不能脱除于旧说的限制之外,因此在下文解释"兴"的时候,就不免又落入于"关雎有别故后妃方德"的笼罩中,而不能更从感发的性质方面加以阐述了,何况刘氏又曾把篇首用"比、兴"之"比体"、"兴体",与在诗篇中偶然用"比"或"兴"的手法混为一谈,遂使得"赋"、"比"、"兴"之说，更增加了一分混淆。所以当我们讨论"赋"、"比"、"兴"三名的义界时，就不得不对其在《诗经》之"六义"中原有之本义，以及其在被后人使用时所增加的衍生之义，首先明白地加以区分。不过，后人所加的衍生之义，虽然并非本义，却因其沿用既久，在中国古典诗歌之创作及评赏中，却也已经早就形成了一种重要的传统。即如本文在前面所曾论及的，在篇中使用"比"或"兴"之手法者，与"六义"中所谓"赋"、"比"、"兴"之重在开端的含义，虽然有所不同，可是在篇中使用"比"或"兴"之手法，既然是后人诗歌创作中常见的现象，因此后人在评赏诗歌时，所论之"比"或"兴"，便往往也指的是在篇中所使用的一种叙写手法，而并不专指"六义"中之本义了。而且如本文在前面所言，"比"与"兴"二种手法，在理论方面虽可以按其"心"与"物"感发之层次，以及其感发之性质，做明白之区分，可是在实践中，则创作时之心物交感的作用，却实在并不容易截然划分，因此后人乃往往将"比"与"兴"连言，泛称之为"比兴"，而不再于其心与物之感发层次及感发性质方面，做明细之区别。这种"比兴"连言之泛称，虽然与《诗经》中"六义"之所谓"比"及"兴"之本义，已经并不完全相合，但却已经成为了传统诗评中一项重要的批评术语，这一点当然也是论诗之人所应当清楚认知的。至于在"比兴"连言之外，更有把"比兴喻托"四字连言的，此一评诗术语，当然也并非"六义"中所谓"比"及"兴"的本义，因为如本文在前面所言，"六义"中之所谓"比"及"兴"，实在原来但指诗歌之创作，在开端时，其感发作用所引起之由来及性质而言，并不必然要有什么言外之美刺讽谕的喻托之意，但是毛郑之传注既然都有政教美刺之说，更加之以屈原之《离骚》，其"美人"、"香草"之意象，又莫不有托喻之含义，于是"比兴喻托"便也成为传统诗评中一项重要的批评术语，而且在写诗与说诗之际，也形成了一种喜欢追求言外之托意的传统。这当然也是论诗之人，所应当清楚认知的。不过前人之批评中，对于"比"、"兴"在"六义"中之本义，与其在后世应用中，所衍生的附加之义，既未曾在理论方面做过明确的分别和界说，于是遂使得后之学者，对于"比"、"兴"之说，增加了无数混淆。近代学者，既不甘于再受传统之笼罩，又有见于旧说之混淆，于是有些人遂对"赋"、"比"、"兴"三名之是否具有什么意义，特别是隐微难见而纯以感性为主的"兴"之为义，产生了根本的怀疑。也有些受西方文化感染较深的人，因此便以为中国之文学批评理论过于疏阔，不及西方理论之细密，所以在评说中国古典诗歌时，便一意引用西方之理论模式，而将中国说诗之传统置之不顾。有此数端，于是遂使得中国传统诗说中"赋"、"比"、"兴"之为义，不仅千古混淆，而且日益沉沦湮没了。因此本章所讨论的重点，就是想要对于中国旧传统中的"赋"、"比"、"兴"之说重加检讨，试图说明这三种写诗的方式，实在原来都是以诗歌中感发力量之产生和传达之作用为主的。就理论方面而言，这三种不同的感发方式原可以有明显的区分，可是在创作的实践中，则这三种不同的感发方式，却又是有着许多可以相通之处的，而其所以能够彼此既相异又相通的缘故，则是因为这三种写诗的方式，在心与物互相感发之层次先后方面虽有不同，然而就其以感发为主要之质素一点而言，在基本上则是相同的，而感发之作用在诗人内心中的进行活动，却并不是外表死板的理论所能严格加以划分的。因此我们在讨论"赋"、"比"、"兴"三种不同性质之诗歌时，就必须既注意到其理论方面之可以区分的差别性，也同时注意到其本质上之可以相通的共同性，这才是一种比较周全而正确的认识，同时也是我们在讨论中国古典诗歌中的形象与情意之关系时，所当具有的一种最基本的认识。

四、余论：西方诗论中对"形象"之使用的几种基本方式及其与中国诗论"赋"、"比"、"兴"之说的比较

如我们在前文所言，中国近代颇有一些人，因为既有感于旧传统之诗说的含混淆乱，所以便往往有意要以西方的文学批评理论来取代旧日的诗说，此在台湾近年来已蔚成风气。本来如果以西方理论的明辨来补足中国旧说的含混，原是整理和拓展中国旧传统之文学批评的一条当取的途径。但是如果对中国旧传统之诗说并无深入的认识和了解，而就想以西方的理论来取代中国旧有的诗说，有时就不免会在评说中造成许多误解，徒只袭取了西方的一些皮毛，却把中国古典诗歌中最宝贵的精华和特色完全失落了。要想把东西方诗论做整体的比较和说明，当然并非本文所能做到的事，现

在我们所能做的，只是就本文所讨论的主题，简单举出西方诗歌中对"形象"（image）之使用的几种重要方式，并对这些不同的技巧方式中之"形象"与"情意"之关系略加说明，来与中国诗歌旧传统中的"赋"、"比"、"兴"之说聊做比较而已。在西方诗论中，对于"形象"之使用的模式，曾立有许多不同的名目，诸如：明喻（simile）、隐喻（metaphor）、转喻（metonymy）、象征（symbol）、拟人（personification）、举隅（synecdoche）、寓托（allegory）、外应物象（objective correlative）等，如果我们以中国古典诗歌为例证来对之加以说明的话，则所谓"明喻"即如李白《长相思》诗中的"美人如花隔云端"句，把"美人"比作"花"，而中间用一个"如"字，加以明白指出，就是"明喻"；所谓"隐喻"，则如杜牧《赠别》诗中的"豆蔻梢头二月初"句，原是用二月枝头鲜嫩的豆蔻，来比喻上一句的"娉娉袅袅十三余"的少女，可是中间却没有用"如"字或"似"字等来说明，就是"隐喻"；所谓"转喻"，则如陈子昂《感遇》诗中的"黄屋非尧意"一句，"黄屋"本来指的是古时天子所乘的车，用黄色的缯帛为车盖之里，名曰"黄屋"，而便以"黄屋"喻言天子的地位，就是"转喻"；所谓"象征"，则如陶渊明《和郭主簿》诗中的"青松冠岩列"，《饮酒》诗中的"青松在东园"，《拟古》诗中的"青松夹路生"等句，凡陶诗言及"松"的形象时，都喻示着一种坚贞的品格和精神，就是"象征"；所谓"拟人"则如晏几道《蝶恋花》词中的"红烛自怜无好计，夜寒空替人垂泪"二句，作者竟以"自怜"、"无计"、"垂泪"等字样来写无知的蜡烛,将之视为有知有情,就是"拟人";所谓"举隅",则如温庭筠《忆江南》词中的"过尽千帆皆不是"一句,其中"帆"字原只是船的一部分,却以之来代表船的整体,就是"举隅";所谓"寓托",则如王沂孙《齐天乐》词"一襟余恨宫魂断"一首,通篇都用的是写蝉的事典和词语,但暗中却寓示了亡国的悲慨,就是"寓托";所谓"外应物象",则如李商隐《锦瑟》诗中之"锦瑟"、"弦柱"、"沧海月明"、"蓝田日暖"、"庄生晓梦"、"望帝春心"等诗句,用了一系列外在事物的形象,来传达内心中某些特殊的情意,就是"外应物象"。以上是我们试以中国的一些古典诗歌为例证,来对西方文学批评中有关"形象"之使用的模式所涉及的一些专门术语,所做的简单的诠释。

从这些批评术语名目之繁多来看,可见西方的文学批评理论,确实有较中国细密之处,明白了这些术语的含义,对于我们分析和讨论中国诗歌中形象与情意之关系,当然可以有不少帮助,但如果因此便认为可以用西方的批评理论,来取代中国旧有的批评理论,以为只要能分辨出一首诗歌中所使用的"形象"是属于何种名目的模式,便已达到欣赏评析的目的,那便不免有所偏失了。即以李白的"美人如花隔云端"一句而言,他所使用的是"明喻",这是不错的,但李白这首诗之所以好,却决不仅在于他使用了"明喻"的手法而已。古今中外把美人比作花的这种明喻,可以说是太多了,用得不好便是陈腔滥调,用得好便也仍可引发极新鲜和极深远的情意。而且每个诗人之性格与感受各异,其所触引感发的情意和联想,自然也可以千态万变各有不同。一个评诗人,如果只能运用外表的理论模式,而不能对诗歌之感发作用之本质的优劣高低有所体认,那便决不能对一首诗歌做出正确的衡量。不过学习理论模式之外表的区分,要比学习体会一首诗歌之本质的优劣容易得多,因此不免就有人只学习了西方外表的一些理论模式,便想以之牵附运用于对中国古典诗歌的评赏,于是就往往可能造成许多误解。有一位好用西方的理论模式来解说中国古典诗歌的作者,便曾经因为"蜡烛"在西方文学中可以为"男性"之象喻,而认为中国古典诗歌中如王融之《自君之出矣》一诗中之"思君如明烛"的"明烛",以及李商隐之《无题》一首中之"蜡炬成灰泪始干"的"蜡炬",都是"男性"的象征,这就未免是一种过于牵附的误解了。何况王融与李商隐这二首诗的好处,也决不建立在他们所使用的"蜡烛"是否为"男性"之象征这一标准上。所以西方的理论和模式,虽然有值得学习参考之处,但如果用之不当,就也会产生许多流弊。这正是本文何以在一开端就先提出了,对中国古典诗歌之评赏,应当以能否体认及分辨诗歌中感发生命之有无多少为基本条件的缘故。

中国诗歌的真正好处和特色,并不是只用西方的理论和模式就可以完全衡量出来的,这主要是因为东西方的诗歌,各有不同的传统,中国早期的诗歌,自《诗经》和《楚辞》开始,一向便都是以抒情为主的。西方早期希腊的诗歌则是以长篇的叙事史诗和戏剧为主的,所以中国之所谓"诗",与西方之所谓"poetry",基本上的范畴和性质就并不完全相同，再加之中国古典诗之格律一般都极为严整，中国古典诗人的创作，常是心中之感发与其熟诵默记之诗律二者之间的一种因缘凑泊的自然的结合；而西方之诗律则较有更多自由安排的余地，所以中国诗更重视自然的感发，西洋诗则更重视人工的安排，中国的诗论自《毛诗·大序》开始，便以"言志"及"情动于中，而形于言"之内心的感发为主要传统，而西方之诗论，则自亚里士多德之《诗学》开始，就重悲剧之类型及结构之安排。即以我们在上面所举引的，西方文学批评中有关"形象"之使用的这一系列批评术语而言，便已可看出他们对安排技巧的重视。他们的分类虽较中国为细密，所用的术语也显得多彩多姿，可是如果按照我们依感发之性质为"赋"、"比"、"兴"三个名称所下的界说而言，则所有西方这些多彩多姿的批评术语，无论是明喻、隐喻、转喻、象征、拟人、举隅、寓托、外应物象等，就感发之性质而言，它们却实在都是属于先有了情意，然后才选用其中的一种技巧或模式来完成形象之表达的。如果以之与中国诗说中的"赋"、"比"、"兴"相比，则所有这些技巧和模式的选用，可以说都仅是属于"比"的范畴，而未曾及于"赋"与"兴"的范畴；若就"情意"与"形象"，也就是"心"与"物"之关系而言，则所有这些术语所代表的实在都仅只是由心及物的一种关系而已，而缺少了中国诗歌传统中所标举之"赋体"所代表的"即物即心"的感发，和"兴体"所代表的"由物及心"的感发。当然在西方诗歌中也并不是完全没有近于中国之所谓"赋"或"兴"之类的感发，只是在西方诗歌批评的术语中,却并没有像"赋"或"兴"一样的名目,可以用来指称这一类"即物即心"性质的感发,或"由物及心"性质的感发。"六义"之所谓"赋"字的意思虽是直接陈述,但却是特指诗歌中的一种足以引起感发作用的传达方式,与英文中相当于"叙述"之意的所谓"narration"并不相同,英文"叙述"(narration)是与"议论"(argumentation)、"描写"(description)、"说明"(exposition)并列的一种写作方法,一般多指散文而言,与中国诗论中"赋"、"比"、"兴"之"赋"的性质并不全同;至于"兴"之一词,则在英文的批评术语中,根本就找不到一个相当的字可以翻译。这种情形,实在也就正显示了西方的诗歌批评,对这一类感发并不大重视,西方所重视的是对于意象之模式如何安排制作的技巧,因此他们才会为这种安排制作的模式,订立了这么多不同的名目。

不过理论越细密和名目越繁多的结果,也往往会诱使人只注意到理论中不同模式之外表的区分,却反而忽略了诗歌中最宝贵的感发之本质。此在西方诗歌言之,也许还不失为一种可行之道,因为西方的诗歌原来就注重对各种意象之模式的安排和制作,而且也往往就在这种安排制作中,显示了他们的诗歌的意义和价值,所以循此以求便不失为一条正确的途径。可是就中国的古典诗歌而言,如果只注意对外表模式的区分而忽略了感发的本质,有时就不免会有缘木求鱼之嫌和买椟还珠之恨了,这是当我们学习使用西方之批评理论来评赏中国古典诗歌时所最当反省警惕的一件事。如果我们把文学批评比作一幢建筑物,那么西方的批评体系之体大思精，便如同一座建筑物所具有的宏伟的架构，而中国之重视感发作用的诗论，便如同一座建筑物所最需重视的深奠的根基，二者的功夫不同，但却是可以互相结合而加以发扬光大的，而这也正是今日之中国诗论所应当追求的一条理想的途径。所以对传统诗说的研讨和对西方理论的学习，原该予以同样的重视，不过本文所讨论的主题，既是中国古典诗歌中形象与情意之关系，因此我们自然首先应该对中国传统中有关形象与情意的古典诗论，先有一点基本的了解，这正是本文之所以不避迂腐与烦琐之讥，竟然用了不少笔墨，来对中国旧传统中纠缠已久的"赋"、"比"、"兴"之说，加以澄清和说明的缘故。

纪念我的老师清河顾随羡季先生

谈羡季先生对古典诗歌之教学与创作

一、先生之生平、教学及著述简介

  顾师羡季先生本名顾宝随,河北省清河县人,生于一八九七年二月十三日(即农历丁酉年之正月十二日)。父金堞公为前清秀才,课子甚严。先生幼承庭训,自童年即诵习唐人绝句以代儿歌,五岁入家塾,金堞公自为塾师,每日为先生及塾中诸儿讲授"四书"、"五经"、唐宋八家文、唐宋诗及先秦诸子中之寓言故事。一九〇七年先生十一岁始入清河县城之高等小学堂,三年后考入广平府(即永年县)之中学堂,一九一五年先生十八岁时至天津求学,考入北洋大学,两年后赴北平转入北京大学之英文系,改用顾随为名,取字羡季,盖因《论语·微子》篇曾云"周有八士"中有名"季随"者也。又自号为苦水,则取其发音与英文拼音中顾随二字声音之相近也。一九二〇年先生自北大之英文系毕业后,即投身于教育工作。其初在河北及山东各地之中学担任英语及国文等课，未几，应聘赴天津，在河北女师学院任教。其后又转赴北平，曾先后在燕京大学及辅仁大学任教，并曾在北平师范大学、北平大学、女子文理学院、中法大学及中国大学等校兼课。一九四九年后，一度担任辅仁大学中文系系主任。并转赴天津，在天津师范学院中文系任教，于一九六〇年九月六日在天津病逝，享年仅六十四岁而已。先生终身尽瘁于教学工作，一九四九年以前在各校所曾开设之课程，计有诗经、楚辞、昭明文选、唐宋诗、词选、曲选、文赋、论语、中庸及中国文学批评等多种科目。一九四九年后，在天津任教时又曾开有中国古典戏曲、中国小说史及佛典翻译文学等课。先生所遗留之著作，就嘉莹今日所搜集保存者言之，计共有词集八种，共收词五百余首，剧集二种共收杂剧五本，诗集一种共收古近体诗八十四首，词说三种，佛典翻译文学讲义一册，讲演稿二篇，看书札记一篇，未收入剧集之杂剧一种，及其他零散之杂文、讲义、讲稿等多篇，此外尚有短篇小说多篇曾发表于二十年代中期之《浅草》及《沉钟》等刊物中，又有《揣籥录》一种曾连载于《世间解》杂志中，及未经发表刊印之手稿多篇分别保存于先生之友人及学生手中。

我之从先生受业，盖开始于一九四二年之秋季，当时甫升入辅大中文系二年级，先生来担任唐宋诗一课之教学。先生对于诗歌具有极敏锐之感受与极深刻之理解，更加之先生又兼有中国古典与西方文学两方面之学识及修养，所以先生之讲课往往旁征博引兴会淋漓,触绪发挥皆具妙义,可以予听者极深之感受与启迪。我自己虽自幼即在家中诵读古典诗歌,然而却从来未曾聆听过像先生这样生动而深入的讲解,因此自上过先生之课以后,恍如一只被困在暗室之内的飞蝇,蓦见门窗之开启,始脱然得睹明朗之天光,辨万物之形态。于是自此以后,凡先生所开授之课程,我都无不选修,甚至在毕业以后,我已经在中学任教之时,仍经常赶往辅大及中国大学旁听先生之课程。如此直至一九四八年春我离平南下结婚时为止,在此一段期间内,我从先生所获得的启发、勉励和教导是述说不尽的。

　　先生的才学和兴趣,方面甚广,无论是诗、词、曲、散文、小说、诗歌评论,甚至佛教禅学,先生都曾留下了值得人们重视的著作,足供后人之研读景仰。但作为一个曾经听过先生讲课有五年以上之久的学生而言,我以为先生平生最大之成就,实在还并不在其各方面之著述,而更在其对古典诗歌之教学讲授。因为先生在其他方面之成就,尚有踪迹及规范可资寻绎,而唯有先生之讲课则是纯以感发为主,全任神行,一空依傍。是我平生所见到的讲授诗歌最能得其神髓,而且最富于启发性的一位非常难得的好教师。先生的讲诗即是重在感发而并不重视拘狭死板的解释和说明,所以有时在一小时的教学中,往往竟然连一句诗也不讲,自表面看来也许有人会以为先生所讲者,都是闲话,然而事实上先生所讲的却原来正是最具启迪性的诗歌中之精论妙义。昔禅宗说法有所谓"不立文字,见性成佛"之言,诗人论诗亦有所谓"不涉理路,不落言筌"之语。先生之说诗,其风格亦颇有类于是。所以凡是在书本中可以查考到的属于所谓记问之学的知识,先生一向都极少讲到,先生所讲授的乃是他自己以其博学、锐感、深思,以及其丰富的阅读和创作之经验所体会和掌握到的诗歌中真正的精华妙义之所在,并且更能将之用多种之譬解,做最为细致和最为深入的传达。除此以外,先生讲诗还有一个特色,就是先生常把学文与学道以及作诗与做人相并立论。先生一向都主张修辞当以立诚为本,以为不诚则无物。所以凡是从先生受业的学生,往往不仅在学文作诗方面可以得到很大的启发,而且在立身为人方面也可以得到很大的激励。

凡是上过先生课的同学一定都会记得,每次先生上讲台,常是先拈举一个他当时有所感发的话头,然后就此而引申发挥,有时层层深入,可以接连讲授好几小时甚至好几周而不止。举例来说,有一次先生来上课,步上讲台后便转身在黑板上写了三行字:"自觉,觉人;自利,利他;自渡,渡人。"初看起来,这三句话好像与学诗并无重要之关系,而只是讲为人与学道之方,但先生却由此而引发出了不少论诗的妙义。先生所首先阐明的,就是诗歌之主要作用,是在于使人感动,所以写诗之人便首先须要有推己及人与推己及物之心。先生以为必先具有民胞物与之同心,然后方能具有多情锐感之诗心。于是先生便又提出说,伟大的诗人必须有将小我化而为大我之精神,而自我扩大之途径或方法则有二端:一则是对广大的人世的关怀,另一则是对大自然的融入。于是先生遂又举引出杜甫《登楼》一诗之"花近高楼伤客心,万方多难此登临"为前者之代表,陶渊明《饮酒》诗中之"采菊东篱下,悠然见南山"为后者之代表,而先生由此遂又推论及于杜甫与陆游及辛弃疾之比较,以及陶渊明与谢灵运及王维之比较;而由于论及诸诗人之风格意境的差别,遂又论及诗歌中之用字、遣词和造句与传达之效果的种种关系,甚且将中国文字之特色与西洋文字之特色做相互之比较,更由此而论及于诗歌中之所谓"锤炼"和"酝酿"的种种功夫,如此可以层层深入地带领同学们对于诗歌中最细微的差别做最深入的探讨,而且决不凭借或袭取任何人云亦云之既有的成说,先生总是以他自己多年来亲自研读和创作之心得与体验,为同学们委婉深曲地做多方之譬说。昔元遗山《论诗绝句》曾有句云:"奇外无奇更出奇,一波才动万波随。"先生在讲课时,其联想及引喻之丰富生动,就也正有类乎是。所以先生之讲课,真可以说是飞扬变化,一片神行。先生自己曾经把自己之讲诗比作谈禅,写过两句诗说:"禅机说到无言处,空里游丝百尺长。"这种讲授方法,如果就一般浅识者而言,也许会以为没有世俗常法可以依循,未免难于把握,然而却正是这种深造自得左右逢源之富于启发性的讲诗的方法,才使得跟随先生学诗的人学到了最可珍贵的评赏诗歌的妙理。而且当学生们学而有得以后,再一回顾先生所讲的话,便会发现先生对于诗歌的评析实在是根源深厚,脉络分明。就仍以前面所举过的三句话头而言,先生从此而发挥引申出来的内容,实在相当广泛,其中既有涉及于诗歌本质的本体论，也有涉及于诗歌之创作的方法论，还有涉及于诗歌之品评的鉴赏论。因此谈到先生之教学，如果只如浅见者之以为其无途径可以依循，固然是一种错误，而如果只欣赏其当时讲课之生动活泼的情趣，或者也还不免有买椟还珠之憾。先生所讲的有关诗歌之精微妙理，是要既有能入的深心体会，又有能出的通观妙解，才能真正有所证悟的。我自己既自惭愚拙，又加以本文体例及字数之限制，因此现在所写下来的实在仅是极粗浅极概略的一点介绍而已。关于先生讲课之详细内容，我多年来曾保存有笔记多册，现已请先生之幼女顾之京君代为誊录整理，题为《说诗语录》编入先生之遗集，可供读者研读参考之用。

至于就先生的著述而言，则先生所留下来的作品，方面甚广，我个人因本文篇幅及自己研习范围之限制，不能在此做全面的介绍和讨论，现在将仅只就先生在古典诗歌之创作方面的成就略做简单之介绍。先生自二十余岁时即以词见称于师友之间，最早的一本词集《无病词》刊印于一九二七年，收词八十首，当时先生不过三十岁；其后一年（一九二八）又刊印《味辛词》一册，收词七十八首；又二年之后（一九三〇），又刊印《荒原词》一册，收词八十四首。在《荒原词》之卷首，有先生之好友涿县卢宗藩先生所写的一篇序文，曾经叙述说先生"八年以来殆无一日不读词，又未尝十日不作，其用力可谓勤矣"。然而自《荒原词》刊出以后，先生却忽然对于写词感到了厌倦，于是遂转而致力于诗之写作。四年之后（一九三四）遂有《苦水诗存》及《留春词》之合刊本问世,卷首有先生之《自序》一篇,叙述平生学习为诗及为词之经过,自云:"余之学为诗几早于学为词二十年,顾不常常作。"又云自一九三〇年冬"以病忽厌词",于是自一九三一年春"遂重学为诗"。先生自言其为诗之用力亦甚勤,云:"余作诗虽不如老杜之'语不惊人死不休',亦未尝率意而出,随手而写,去留殿最之际,亦未尝不审慎。"然而先生却自以为其诗之成就不及其词,并引其稚弟六吉之言,以为其所为诗"未能跳出前人窠臼"。先生自谓"少之时,最喜剑南",其后"学义山、樊川,学山谷、简斋,惟其学故未必即能似,即其似故又终非是也"。而先生之于词则自谓"并无温韦如何写欧晏苏辛又如何写之意",以为"作诗时则去此种境界尚远"。故于《苦水诗存》刊出以后,先生之诗作又逐渐减少,乃转而致力于戏曲,两年后(一九三六)遂刊出《苦水作剧三种》,共收《垂老禅僧再出家》《祝英台身化蝶》《马浪妇坐化金沙滩》杂剧三种,及附录《飞将军百战不封侯》杂剧一种。先生既素以词名,故其剧作在当日并未尝引起读者广大之注意。然而先生在杂剧方面之成就,则实不在其词作之下。原来先生在发表此一剧集之前,对杂剧之写作亦曾有致力练习之过程。盖早在一九三三年间,先生即曾写有《馋秀才》之二折杂剧一种,其后于一九四一年始将此剧发表于《辛巳文录初集》之中,并附有《跋文》一篇,对写作之经过曾经有所叙述,自云此剧系一九三三年冬"开始练习剧作时所写"。其后自一九四二年开始,先生又致力于另一杂剧《游春记》之写作，此剧共分二本，每本四折外更于开端之处各加《楔子》，为先生所写之杂剧中最长之一种，迄一九四五年始正式完稿，刊为《苦水作剧第二集》。当先生之兴趣转入剧曲之写作时，曾一度欲停止词之写作，在其《留春词》之《自序》中，即曾写有"后此即有作，亦断断乎不为小词矣"之语。然而先生对词之写作则实在不仅未尝中辍，而且在风格及内容方面更曾有多次之拓展及转变。先是在一九三五年冬，先生于病中曾写有和《浣花》词五十四首，其后于一九三六年又陆续写有和《花间》词五十三首，和《阳春》词四十六首，统名之曰《积木词》（此一卷词未曾见有刊本问世，今所收存为我于一九四六年时自先生手稿所转抄者）。其后先生于一九四一年又曾刊有《霰集词》一册，收词六十六首；一九四四年又曾刊有《濡露词》及《倦驼庵词稿》合刊本一册，共收词三十二首。一九四九年后，先生亦写有词作多首，曾陆续发表于报纸杂志，总其名为《闻角词》，然未尝刊印成册。计先生平生虽然对于古典诗歌中诗、词、曲三种形式皆尝有所创作，然而实在以写词之时间为最久，所留之作品亦最多，曲次之，诗又次之。所以本文对先生古典诗歌创作方面之介绍，便将以先生之词作及剧作二种为主，而以诗作附于词作之后略作简介而已。

二、论先生词作中之思想性和艺术性

关于先生的词作，我想分为思想性和艺术性两方面来加以讨论。先谈思想性方面。自一九二七年先生刊出其第一册词集《无病词》开始，至一九六〇年先生逝世前发表之《闻角词》为止，前后计有三十余年之久，共写词有五百余首之多。在此极长之时间与极多之作品中，先生既曾经历北伐、抗战、沦陷、胜利等多次之世变，又曾经由青年而中年而老年之人生各种不同之阶段，则其词作之思想性的内容，自然曾有多次之转变。如果自其变者而观之，则其感时触物，情意万殊，自非本文之所能遍举，而如果自其不变者而观之，则先生词作之思想性的内容，大约可以简单归纳为以下几点特色。第一点我所要提出来的是，先生之词作往往含有对时事之感怀及喻托。先生在其《荒原词》之卷末附有自题词集之绝句六首，其中一首有句云："禽鸣高树虫啼秋，时序感人不自由。少作也知堪毁弃，逝波谁与挽东流。"其所谓"感人"的"时序"和"东流"的"逝波"，所指的应该便是他自己早期词作中对当时世事有所感怀的用心和托意。先生之《无病词》刊于一九二七年，《味辛词》刊于一九二八年，《荒原词》刊于一九三〇年。只要是对于中国近代史稍有了解的人，大概都可以想象到当日的中国是处于怎样的动乱之中。先生在当时对于革命之理想虽然尚未有明确之认识，然而其忧时念乱的爱国之感情却是经常流露于笔墨之中的。例如其《无病词》中的"中原却被夜深埋，那更秋风秋雨逐人来"（《南歌子》），及"江南江北起烟尘，风力猛，笳声动，落日无言天入梦"（《天仙子》），以及"阑干倚遍，但心伤破碎河山"（《汉宫春》）诸作品中，其所表现的对于国事的悲慨是明白可见的。及至《味辛词》中，如其"湖边血痕点点，更血花比着暮霞红"（《八声甘州·哀济南》），以及"不道好山好水，胡马又嘶风，地下英灵在，旧恨还重"（《八声甘州·忽忆历下是稼轩故里，因再赋》）诸作品中，所表现的则是对于当年所发生的济南惨案的悲哀愤激的感慨。及至抗战兴起以后，先生沦陷于当日为日军所占领的北平，在这一时期中，先生曾写了不少以比兴为喻托而寄怀故国之思的作品，如其《霰集词》中之"漫写瑶笺寄远方"（《南乡子》），及"渺渺予怀水一方"（《南乡子》）等句，所托喻的便都是对于故国的怀恋和思念；又如其"春风何日约重还，好将双翠袖，倚竹耐天寒"（《临江仙》），以及"蒹葭风起正苍苍，伊人知好在，留命待沧桑"（《临江仙》）等句，所托喻的则是对祖国之期待盼望的坚贞的心意。这种委婉托喻的作品，其内容用意虽也是对时事的感怀，然而却与早年的悲慨激愤的风格已经有了很大的不同。

　　第二点我们所要提出来的，则是先生在词作中往往表现出一种对于苦难之担荷及战斗的精神。一般说来，先生在词作中虽也经常写有一些自叹衰病之语，这可能是因为先生的身体一向多病的缘故，而其实在精神方面先生却常是表现有一种积极的担荷及战斗之心志的，这从先生早期的作品，如其《无病词》中的"何似唤愁来，却共愁厮打"（《蓦山溪》）与《味辛词》中的"人间事，须人作，莫蹉跎"（《水调歌头》）等句，便都已经可以看到这种精神的流露。而到了《荒原词》中，这种精神和心志则表现得更为鲜明和强烈，如其《鹧鸪天》(说到天涯)一首之"拼将眼泪双双落,换取心花瓣瓣开",《踏莎行》(万屋堆银)一首之"此身判却似冰凉,也教熨得阑干热",《采桑子》(如今拈得新词句)一首之"心苗尚有根芽在,心血频浇,心火频烧,万朵红莲未是娇",便都是极好的例证;而其《鹧鸪天》词之"说到人生剑已鸣,血花染得战袍腥,身经大小百余阵,羞说生前死后名。心未老,鬓犹青,尚堪鞍马事长征。秋空月落银河暗,认取明星是将星"一首,则尤其是把这种担荷及战斗之心志表现得最为完整有力的一篇代表作。其后在沦陷时期中,先生则把这种担荷战斗的精神心志与比兴喻托相结合,用最委婉的词语,表现了一种对故国怀思期待的最坚贞的情意,而在后来所写的《闻角词》诸作中,则又将此种精神心志转为了奋发前进的鼓舞和歌颂。从外表看来,其内容情意虽然似乎曾经有多次的转变和不同,然而其实就精神方面言之,先生之具有对苦难之担荷及战斗的精神心志,则是始终一致的。

  第三点我们要提出来的则是先生在词作中常表现有一种富于哲理之思致。一般说来,在中国古典诗歌之传统中,词之为体原来大多皆以抒情为主。间有用心托意之作,所写也不过是家国之思、穷通之慨,至于如西方文学中之以诗歌表现某种哲理之思致的作品则并不多见。至晚清之王国维氏,因其曾经涉猎西方之哲学,所以往往以西方之哲理入词,这是一种极可注意的新开拓。先生早年既曾入北大研读西方文学,又对王国维之《人间词》及《人间词话》极为推崇,故先生亦往往好以哲理入词。不过先生之以哲理入词也有与王国维相异之处，其一，就所选用之语汇及形象而言，王国维仍多沿用旧传统之词汇和形象，而先生则往往使用新颖的语汇和形象，此其差别之一；其次，再就内容情意而言，则王国维曾经受有西方叔本华厌世主义哲学之影响，故其词作中每多悲观忧郁之语，而先生则不为任何哲学家之说所局限，其所写者往往只是一种因景触物的偶然的富于哲理之思致，此其差别之二。举例而言，在先生词作中，如其《无病词》中之"为是黄昏灯上早，蓦然又觉斜阳好"（《蝶恋花》），"人生原是僧行脚，暮雨江头，晚照河山，底事徘徊歧路间"（《采桑子》），与《味辛词》中之"空悲眼界高，敢怨人间小，越不爱人间，越觉人间好"（《生查子》），"那堪入梦，比著醒梦尤难"（《庆清朝慢》），及《荒原词》中之"乍觉棉裘生暖意，阳春原在风沙里"（《鹊踏枝》），"山下是人间，山上青天未可攀"（《南乡子》），以及《留春词》中之"走平沙绿洲何处，只依稀空际现楼台"（《八声甘州》），与《濡露词》中之"流波止水两悠然，要与先生商去住"（《木兰花令》），和《倦驼庵词稿》中的"回头来路已茫茫，行行更入茫茫里"（《踏莎行》），这些词句便都蕴含有对景触物所产生的一种哲理之思致，而此种思致既不拘限于任何一家的哲学之说，而且更都结合着生动真切的景物之形象。除此之外，先生也常以人物之形象表现一种富于哲思之新情意，如其《荒原词》中的一首《木兰花慢》（赠煤黑子）便曾写有一个煤黑子的形象，说："豪英百炼苦修行，死去任无名。有衷心一颗，何曾灿烂，只会怦怦。堪憎破衫裹住，似暗纱笼罩夜深灯";又在《味辛词》中的一首《木兰花慢》(是何人)写有一个深夜卖卜者的形象,说:"想身外茫茫,行来踽踽,深巷迢迢。……有谁将命运,双肩担起,一手全操?"这些作品便都不仅表现了哲思,而且也选取了旧传统中所不常叙写的人物的形象。这种富于哲思的新意境,是先生词作中另一点可注意的特色。

除去以上三点思想性方面之特色以外,先生之词作在艺术性方面也有几点值得注意的特色。首先是先生对词之写作能具有创新之精神,足以自成一种风格。关于这一点,先生自己也曾有所叙述,例如在《苦水诗存·自序》中,先生即曾自言其为词时"并无温韦如何写欧晏苏辛又如何写之意",又在其《无病词》中先生也曾有"自开新境界,何处似《花间》"(《临江仙》)之语。从这些话当然都可以看出先生在词之创作方面具有一种不肯蹈袭前人的开拓创新之精神。这种独立创新之精神,一方面与先生一向论诗之主张既然彼此相合,另一方面与先生学词之经过也有相当密切之关系。先从论诗之主张一方面来谈。先生讲课时一向主张创作时应当有独立创新之精神,经常在讲课中勉励同学说:"丈夫自有冲天志,不向如来行处行。"而这种开创,先生又主张当以"立诚"为本,所以先生在词之创作中的开拓创新,便也全以一己真诚之表现为主。先生在其《味辛词》中,便曾写有一首《朝中措》,自叙其为词之甘苦说:"先生觅句不寻常,一字一平章,只望保留面目,更非别有心肠。"这是先生之词所以能形成一己独立之风格的一项重要原因。再就先生学词之经历而言，先生在其《稼轩词说》之《自序》中曾叙述其早年学习诗词之经过，自谓其学诗自幼即承庭训，而学词则未曾有所师承，云："吾年至十有五……一日于架上得词谱一册读之，亦始知有所谓词……二十岁时，始更自学为词，先君子未尝为词，吾又漫无师承，信吾意读之，亦信吾意写之而已。"这种信意读写的态度，很可能是造成先生之词能以自成一格的另一原因。不过更值得注意的是先生在随意读写的经过中，原来对前代词人也曾有过广博的汲取继承，只不过先生在汲取之时并未曾落入任何一家的窠臼之中，所以才能依然保留其一己之面目。先生对其所曾经学习模仿过的一些前代词人也都曾在其词作中有所叙及。首先我们要提出来的一位前代词人是辛弃疾。早在先生第一本词集《无病词》中《蓦山溪》（填词觅句）一首之下，先生即曾自注云"述怀，戏效稼轩体"，其后在《濡露词》中更曾写有《破阵子》二首，对稼轩极致推崇仰慕之意，先生在第一首词中即曾写有"要识当年辛老子，千丈阴崖百丈溪，庚庚定自奇"之句，仍以为未能尽意，又在第二首中赞美辛词说："落落真成奇特，悠悠漫说清狂，千丈阴崖凌太古，百尺孤桐荫大荒，偏宜来凤凰。"其崇仰之情可以概见。原来当先生写作这二首词时，盖正当先生撰著《稼轩词说》之际，先生在《词说》之《自序》中，曾叙述其一向对辛词之喜爱，说："世间男女爱悦，一见钟情，或曰宿孽也，而小泉八云说英人恋爱诗，亦有前生之说。若吾于稼轩之词，其亦有所谓'宿孽'与'前生'者耶？自吾始知词家有稼轩其人以迄于今，几三十年矣，是之间研读时之认识数数变，习作之途径亦数数变……而吾之所以喜稼轩者或有变，其喜稼轩则固无变也。"从此亦可见先生对于辛词之推崇赏爱之既久且深矣。所以先生自己之为词亦颇受稼轩之影响。即以前面所举引之两首《破阵子》而言，其爽健飞扬之致，便颇近于稼轩之风格。除稼轩以外，先生在词作中所曾述及的前代词人还有以下几位：其一是朱敦儒，先生在早期之《味辛词》中之《定风波》（扰扰纷纷数十年）一首之小序中即曾有为朱敦儒词"下一转语"之言，其后在《荒原词》之《行香子》（不会参禅）一首之下亦曾自注云"效樵歌体"；在先生晚年之《濡露词》中《清平乐》（人天欢喜）一首之下也曾自注云："早起散策戏效樵歌体。"在这些效樵歌体之作品中，如其"不会参禅，不想骖鸾"及其"先生今日清闲，轻衫短杖悠然"诸语，其真率疏放之致，便与朱敦儒晚年作品之风格颇有相近之处。其二我们要提出来的则是欧阳修，先生对欧词似乎也有很深的喜爱，曾经先后在《荒原词》《留春词》及《霰集词》中各写过五首至六首《定风波》词，均为效欧词《定风波》之"把酒花前"之作，共有十七首之多。在《荒原词》中的五首，前四首均以"把酒东篱"开端，末一首为总结，合为一组，全写对秋光之爱惜怅惘；在《留春词》中的六首，前五首均以"把酒高楼"开端，末一首为总结，合为一组，全写对残春之流连哀悼；在《霰集词》中的六首，前五首均以"把酒灯前"开端，末一首为总结，合为一组，全写对人生之悲慨感叹。这十七首词都写得低徊往复，一唱三叹，极能得六一词之神致。其三我们要提出来的是晏殊，先生在《荒原词》中有三首《破阵子》词，第一首题为"南园看枫"，后二首题为"次日重游再赋"，全为模仿晏殊《珠玉词》风格之作，词中且曾引用大晏之词句云"珠玉词中好句，人生不饮何为"；其后在《留春词》中之《凤衔杯》（眼前风土又纷纷）一首，也曾有自注云"用《珠玉词》体"；更后在《濡露词》中之《浣溪沙》（一片西飞一片东）一首之前也曾有小序云"日读《珠玉词》及六一近体乐府借其语成一阕"，可见先生对于晏殊也曾有过赏爱和模仿，不过一般而言，先生模仿大晏之作往往只是在字句方面用大晏之词语，而在神致情韵方面则先生仍然自有一己之面目，与大晏之风格并不尽同。其四我们要提出来的则是柳永，先生在《留春词》中之《凤衔杯》（见说人生真无价）一首之下，曾自注云"用乐章集体"，盖为仿效柳词之通俗平易之一种风格者。其五我们要提出来的则是周邦彦。先生在《留春词》中收有《西河》（燕赵地）一首，自注云"用清真韵"，此词在形式音律方面虽然与清真相近似，然而在神致方面则先生之率真清健与清真之典雅涵蕴之风格实在并不尽同。除去以上诸前代词人先生曾在词作中明白叙及有意模仿拟作者外，还有极值得我们注意的一件事，就是在一九三六年一月至九月之间，先生曾陆续写有《积木词》三卷，全为与古人和韵之作，首卷和韦庄之《浣花集》，次卷和《花间集》中之温庭筠、皇甫松、顾敻、牛峤、和凝、孙光宪、魏承班、阎选、尹鹗、毛熙震诸人之作，三卷和冯延巳之《阳春集》。这些与古人和韵之词，对于先生词之风格曾产生过相当大的影响。原来先生早期词作受稼轩及樵歌之影响较大，偏于发扬显露而略少含蓄之情韵，经过此一阶段对晚唐五代词之拟作，对先生旧有之风格恰好产生了一种调节融汇之作用，这种作用，使先生之词于原有之率真清健之风格之外，又增加了一份深情远韵之美。又加之先生在填写《积木词》以后之次年，北平即因"卢沟桥事变"而沦陷于日人之手，先生既以家累之故不得不留居于沦陷区之北平，而其内心之抑郁悲慨之怀，遂皆假词之形式以抒写之。这些作品其后皆收入于一九四一年所刊印之《霰集词》中，其体式大率以短小之令词为主，至其内容则或者写低徊怅惘的故国怀思，或者写贞幽坚毅之期望等待，而其表现则大多兴象丰融，寄托深至，既有清健之气，复饶情韵之美，是先生词作中的上品之作。如其《霰集词》中《鹧鸪天》之"不是新来怯凭栏"一首与《浣溪沙》之"又是人间落叶时"一首之写怅惘之怀思，以及《定风波》之"昨夕银釭一穗金"一首与《临江仙》之"岁月如流才几日"一首之写坚贞之期望，便都是这类作品中极佳的例证。至于先生在晚年所写的《闻角词》，则似乎又有返回于早年之率真豪健之意，不过其发扬开阔之气，与夫欢欣鼓舞之情，以及其作品中对于新生事物之歌颂赞美，则皆为早年词作中之所未有。综观先生词之风格，盖能于自辟蹊径之中兼容前代词人各家之长而又能随时代以俱进者。这是先生之词在艺术风格方面一项可重视的特色。先生在其《积木词》之卷末曾附有自题词的六首绝句，其最后一首即曾云："人问是今还是古，我词非古亦非今。短长何用付公论，得失从来关寸心。"这首诗就恰好说明了先生写词之融汇古今自辟蹊径的态度和风格之特色。

其次再就先生在艺术手法方面之表现而言，则我们大约可将之分别为用字、结构与意象三点来加以讨论。先谈用字方面之特色，先生既富于独立创新之精神，又对西方文学有相当之素养，是以先生之词作往往能结合雅俗中外之各种字汇做融汇之运用。例如其《无病词》中《蝶恋花》（昨夜宿醒浑未醒）一首中之"爱神烦恼诗神病"之句；《味辛词》中《清平乐》（晕头涨脑）四首中之"镇日穷忙忙不了"与"磨道驴儿来往绕"诸句；《荒原词》中《凤栖梧》（我梦君时君梦我）一首中之"别来可有新工作"，《踏莎行》（当日桃源）一首中之"乐园如不在人间，尘寰何处寻天国"诸句；《留春词》中《浣溪沙》（青女飞霜斗素娥）一首中之"试把空虚装寂寞，更于矛盾觅调和"，《好女儿》（地可埋忧）一首中之"象牙塔里，十字街头"诸句，便都是这种对于雅俗中外之字汇加以融汇运用之最明显的例证。再就结构方面之特色而言，先生在句法及章法方面最喜用层转深入与反衬对比及重叠排偶之手法，以造成一种在艺术传达方面特别加强之效果，如其《无病词》中《好事近》（几日东风暖）一首中之"甚春深春浅"与"说春长春短"，《定风波》（口北黄风塞北沙）一首中之"归去，可怜归去也无家"，《采桑子》（一重山作天涯远）一首中之"君住山前，侬住山间，山里花开山外残"诸句；《味辛词》中《生查子》（身如入定僧）一首中之"越不爱人间,越觉人间好",《减字木兰花》(狂风甚意)一首中之"老怕风多嫌雨少,雨少风多,无奈他何一任他"诸句;《荒原词》中《南乡子》(三十有三年)一首中之"山下是人间,山上青天未可攀",及所附《弃余词》中《最高楼》(携手去)一首中之"相见了,相思依旧苦;离别后,离愁何日诉"诸句;《留春词》中《忆秦娥》(黄昏时)一首中之"人间无复新相知,人生只合长相思",《踏莎行》(百战归来)一首中之"为君重热少年心,为君垂下青春泪"诸句;以及《霰集词》中《灼灼花》(不是昏昏睡)一首中之"纵相逢已是鬓星星,莫相逢无计",《濡露词》中《鹧鸪天》(谁识先生老更狂)一首中之"今年都道秋光好,好似春光也断肠",《倦驼庵词稿》中《踏莎行》(天黯如铅)一首中之"回看来路已茫茫,行行更入茫茫里"诸句,便都是这种层转深入与反衬对比及重叠排偶等艺术手法的明显运用。

其三,我们再就先生词作中所使用之形象而言,在中国诗歌之旧传统中,一般多将形象与情意之关系简单归纳为比兴两类,或者因情及物,或者由物生情,总之,凡情意之叙写多以能结合形象可以予读者直接感受者为佳。先生之词,如我们在前文讨论其思想性内容时之所叙及,其作品中原来常包含有对于当时世事、个人心志及人生哲理多方面之涵蕴,是其所作原多偏于有心用意之作,而凡此种种情意,先生往往多能用比兴之手法假形象以为表达,故其所作既在思想性方面有丰富之内容,同时在艺术性方面亦表现有丰美之形象。至于其形象之所取材则或者取象于大自然之景物,或者取象于人事界之事象，或者取象于想象中之幻象，至其表现，则或者用比的手法以为拟喻，或者用兴的手法取其感发，皆能随物赋形有极生动与极真切之表达。本文在此不暇做细密周至之分析，现在仅想就其形象与情意相感发相结合之几种不同之方式及层次略做简单之介绍：其一是以写眼前大自然之景物形象为主而却表现有一种感发之情趣者，如其《无病词》中《一萼红》一首对新荷之描写"静无尘，乍湿云收雨，远树带斜曛，木槿飘零，紫薇开罢，半池秋水粼粼，西风里，金销翠贴，剩几朵留与看花人，夜月欺风，朝阳羞露，尽够销魂"，《浣溪沙》（咏马缨花）一首之"一缕红丝一缕情，开时无力坠无声，如烟如梦不分明"，《味辛词》中《蝶恋花》（独登北海白塔）一首之"我爱天边初二月，比着初三，弄影还清绝。一缕柔痕君莫说，眉弯纤细颜苍白"，《荒原词》中《清平乐》（故人好意）一首之"黄华好似前年，折来插向窗间，窗外一株红树，教他与我同看"，诸词中所写之形象皆为眼前大自然之景物，而莫不鲜明生动，情趣盎然，极富感发之力量。其二是所写虽亦为眼前之景物，然而其所传达者却不仅只为一种感发之情趣，更且喻含有较深之情意及思致者，如其《无病词》中《踏莎行》一首之"岁暮情怀，天寒滋味，他乡又向樽前醉，路灯暗比野磷青，天风细碾黄尘碎"；《味辛词》中《汉宫春》一首之"底事悲秋，试倚楼闲眺，一院秋光，牵牛最无气力，引蔓偏长。疏花数朵，待开时又怕朝阳，浑不似葵心向日，一枝带露娇黄"；《荒原词》中《鹊踏枝》一首之"过了花期寒未退，不见春来，只见风沙起，乍觉棉裘添暖意，阳春原在风沙里"，诸词所写之形象，虽亦为大自然之景物，然而却都蕴含有更深一层之情意和思致。如果将此一类词中之形象与前一类词中之形象相比较，则我们大概可以做如下之区分，即前一类形象仍以写物为主，其情趣亦不过为外物所偶然引发之感受及情趣而已；而后一类形象则已经不完全以物为主，而是心与物之一种交感的呈现，是心中早隐然有某一份情意及思致，不过偶然为物所触发遂不知不觉将此种情意融汇于物象之中，成为一种心物交感的流露。至于第三类则是全然以心中之情意思致为主，不必实在有外物形象之触发，而由心意自己创造一种形象以为表现者，如其《霰集词》中《虞美人》一首之"去年祖饯咸阳道，斜日明衰草，今年相送大江边，霜打一林枫叶晓来寒。深情争供年年别，泪尽肠千结，明春合遣燕双飞，夹路万花如锦送君归"一首，便是全以形象喻写在沦陷区中对故国之怀思者。又如《霰集词》中《临江仙》词之"记向春宵融蜡，精心肖作伊人，灯前流盼欲相亲，玉肌凉有韵，宝靥笑生痕。可奈朱明烈日，炎炎销尽真真，也思重试貌前身，几番终不似，放手泪沾巾"一首，则是全以形象喻写一种对于理想之追求及幻灭之悲哀者。再如《味辛词》中《鹧鸪天》咏佳人的四首词，每首都以"绝代佳人"开端，则完全是以"佳人"之形象来发抒其"美人香草"之幽约悱恻之思者。像这些词中的形象，无论其所写者为"咸阳道"，为"大江边"，为"灯前"之"玉肌""宝靥"，为"倚楼""倚阑"之"绝代佳人"，都并非眼前实有之景象，而完全出于一种假想之象喻，是将抽象之情思转化为具体之形象来加以表现者。以上三类，虽是极概略的区分，但却分明代表了形象与情意相结合的几种最基本的方式和层次，先生对之皆有纯熟之运用，这种艺术的表现手法，正是使得先生之词虽以有心用意为主，然而却能不失之于枯苍，而往往能写得既活泼清新又富于深情远韵的重要原因。

三、先生前后二期诗作之简介

至于先生之诗作，则可以分别为前后二期言之。前期之作，自以收入于《苦水诗存》中之八十四首为代表，后期之作则未尝加以收编，今所辑录，乃仅就先生当日在课堂中所偶然引举之作品，以及先生致友人及学生之书信中之所写录者抄存所得，约计共有一百首左右。先生自己对早期之诗作颇不满意，在其《苦水诗存》之《自序》中，先生曾自云："余之不能诗，自知甚审，友人亦每以余诗不如词为言。"且曾引述其稚弟六吉之语，以为所作诗"未能跳出前人窠臼"。盖先生之词作无论在修辞及意境方面，皆极富于开拓创新之精神，充满活泼之生命感，而先生早期之诗作则往往不免有二种缺憾：或者过于用心着力有意模仿古人而少生动之气韵，或者虽有生动之气韵而又往往失之靡弱有近于词之处。如其《夜读山谷诗》一首七律之中二联："江南塞北同一月，万古千秋只此身。试遣泥牛入大海，从知野马是微尘。"即为有心模拟江西派之作品，可为前一类之代表；又如其《从今》一首七律之颈联"逝水迢迢悲去日,横空冉冉变痴云"二句,清新婉丽气韵生动,然而却不免稍嫌靡弱,可以为后一类之代表。据先生之《自序》,其致力于诗之写作,亦复既勤且久,而其成就乃竟尔不及其词。先生尝自云其为词时"并无温韦如何写欧晏苏辛又如何写之意",而其为诗则常不免有模拟古人之念横亘胸中,故先生又尝自谓"惟其学故未必即能似,即其似故又终非是也"。夫以先生在词作中所表现之开拓创新精神之健举飞扬,何以方其为诗之时乃竟为古人之所羁缚,或者竟流入于词之风格而不能更有所振发突破,其所以然者,私意以为大约由于以下之二种因素。其一,盖由于学习之过程不同。据先生自言,其为诗乃全出于幼年时受其父金墀公之教导,而其为词则出于一己之爱好。据先生幼女顾之京君之叙述,知金墀公课子甚严,常将先生拘缚于书桌之前,不使嬉游。此种严苛之督导,或者曾使先生在学习中产生一种紧张之心理,此可能为先生之诗作常不免有拘缚着力之感之一因。其二,则可能由于才性长短之不同。盖诗与词之体式风格各异,诗较典重,词较活泼,以诗句入词,尚不失凝练之美,而以词句入诗,则常不免有靡弱之病,是故历代之能诗者往往亦可以兼长于词,而以词专擅者,则未必能兼长于诗。即以词中之巨擘辛弃疾而言,其所为诗亦复不及其词甚远。此盖由才性之禀赋不同,故其所长所短亦各有能有不能也。

然而先生在其后期之诗作中,则曾经以多年所积之学养,终于突破前所叙及之二种缺憾,而表现出相当可观之成就。如其和陶渊明《饮酒》诗之五古二十首,《赠冯君培先生夫妇》之五律四首,以及自一九四四至一九四八年间所写之七言律绝多首,便都各有其足以超越早期作品的专胜之处。综而言之,其后期作品之成就大约有以下几点特色。其一,由于写作之修养日深,遂自拘谨生硬转而为脱略娴熟,如其《晚春杂诗》及《春夏之交得长句数章》的两组七言绝句,便都能于疏放中表现深蕴之致,极为老练纯熟。又如其《赠冯君培先生夫妇》之五言律诗四首,则更能于脱略娴熟之中寓托感怀时事之深意。此四诗盖写于一九四七年之秋,诗前有长序云:"秋阴不散,霖雨间作,一日午后,往访可昆君培伉俪于沙滩寓所,坐至黄昏,复蒙留饭,纵谈入夜,冒雨归来,感念实多,年来数数晤对,留饭亦不可胜计,而此次别来已一星期仍未能去心,自亦不解其何因。今日小斋坐雨,乃纪之以诗,共短句四韵四章,即呈可昆与君培,私意固非仅识一时之鸿爪而已,谅两君亦同此感。"诗中之句,如"涂长叹才短,语罢觉灯明","云压疑天矮,雨疏闻地腥",及"人终怜故国,天岂丧斯文"诸联,莫不属对娴熟,疏放自然。此种成就之达致,除因其长久写作之修养以外,盖更有对于赠诗之对象之一份故人知己之感,而且自其写诗之时代及诗前之长序所隐约喻示之含义观之,意者先生当日与冯先生夫妇之所"纵谈"者,或不免有涉及当时政局之语,故先生序中乃云此四章诗"固非仅识一时之鸿爪而已",是以其诗句中亦往往于脱略娴熟之声吻中,别含感慨沉郁之意,这是先生后期诗作之可注意的成就之一。再则先生阅世既久，思致日深，因之乃能将感情与思致及议论互相交融成为一体，如其和陶渊明《饮酒》诗二十首五古，时时有精警之句，而又极为朴质自然，深得陶诗之意致。如其第五首之"显亦不在朝，隐亦不在山。拄杖街头过，目送行人还。所思长不见，默默亦何言"；第十首之"藐姑射之仙，绰约若有余。苟能得其意，此世良可居"；第十四首之"振衣千仞岗，出尘安足贵。谁与人间人，味兹人间味"；第十七首之"耻作鸟兽徒，甘落尘网中"；第十九首之"知足更励前，知止以不止"诸诗句，便都是这一类情思议论交融，充满精警之意而又写得极为朴质自然的诗句的代表，这是先生后期诗作中第二点可注意的成就。三则先生写作表达之力既已臻于极为纯熟之境，故其用心着力之处，已能变生硬为矫健，而尤以七言律诗中之二联对句，最能表现其健举之致，如其《开岁五日》七律四章中之"高原出水始何日，深谷为陵非一时。故国旌旗长袅袅，小园岁月亦迟迟"，与"重阳吹帽识风力，五月披裘非世情。云路还输远征雁，星光自照暗飞萤"诸句，便都能于七律常格之靡弱与江西派之生硬以外别具有健举的笔力，是先生后期诗作中之另一点可注意的成就。是则吾人固不可因其早年在《苦水诗存》之《自序》中有"诗不如词"之一语，因而便对先生之诗作遽尔加以忽视也。不过如果以数量计之，则先生之诗作与先生之词作相较，大约尚不及其词作的二分之一，且方面亦不及词作之广。是以今兹介绍先生之创作，乃将词作置于诗作之前。至于先生在戏曲方面之创作，亦有极可重视之成就，此点当于下节再加论介。

四、先生剧作中之象喻意味

先生共写有杂剧六种,即《馋秀才》《再出家》《马浪妇》《祝英台》《飞将军》与《游春记》。第一种《馋秀才》仅有二折,写于一九三三年,据先生《跋文》自言,此剧乃"开始练习剧作时所写",其后编订剧集时,并未将此剧收入,因此我在本文所讨论者,便将只以两本剧集为主。如果就这两本剧集而言,我以为先生之最大的成就是使得中国旧传统之剧曲在内容方面有了一个崭新的突破,那就是使剧曲在搬演娱人的表面性能以外,平添了一种引人思索的哲理之象喻的意味。这种开拓,就先生而言,并非只是一种偶然的成就而已,而是有着深思熟虑之反省和用心的结果。本来就中国旧日之剧曲而言,元明两代之杂剧与传奇,其作者虽多,作品虽众,然而却因为受到当时历史及社会背景之种种限制,以致其文辞虽偶然亦有可观之处,然而其内容则大多以表演故事及取悦观众为主,极少如西洋戏剧之富于深刻高远之哲思者。王静安先生在其《静安文集续编》之《自序二》中,就曾提出说:"吾中国之文学最不振者莫戏曲若,元之杂剧,明之传奇,存于今日者,尚以百数,其中之文字虽有佳者,然其理想及结构,虽欲不谓至幼稚至拙劣不可得也。"王氏之所以有此看法,主要是因为王氏有见于西方文学中之戏剧方面之成就之伟大过人,相形之下便感到中国戏曲在内容方面之浅陋空乏，于是王氏便也曾一度有志于戏曲之创作。诸凡此意，王氏在其《文学小言》及《自序》诸文中皆曾屡屡言及，只可惜王氏虽然有从事戏曲创作之意愿，然而却并未能将之付诸实践，而王氏所未曾完成之意愿，却在先生之手中真正获得了完成。先生在其《游春记》杂剧之《自序》中，也曾致慨于中国旧日剧曲内容之无足取，说："从事剧曲者率皆庸凡、肤浅、狂妄、鄙悖，是以志存乎富贵利达者，其辞鄙；心系乎男女风情者，其辞淫；意萦乎祸福报应者，其辞腐；下焉者为牛鬼，为蛇神，为科诨，为笑乐，其辞泛滥而无归，下流而不返。"从羡季师对旧日剧曲之严格的批评来看，可知羡季师对自己所创作之剧曲，必然含有严格的要求和理想，这是我们所可以断言的。因此下面我们便将对先生的两本剧集做一番较详细的探讨和介绍。

先生之第一本剧集《苦水作剧三种》及附录一种，共收有杂剧四本，为了便于以后之讨论起见，我们不得不在此先对此四本剧曲之内容略做简单之说明：第一本"题目"为"继缘和尚自还俗"，"正名"为"垂老禅僧再出家"，故事内容主要写一和尚名继缘者，在大名府兴化寺出家，因有一乡亲名赵炭头者为梨园行之净色，携其妻子什样景卖艺至大名府，不幸染病卧床，继缘和尚常往看顾，并以钱米相资助。其后赵炭头病殁，临危之际，以其妻托于继缘和尚，及赵炭头殁后，继缘初不肯与什样景结为夫妇，但仍常往探问以钱米相助，什样景责其救人不肯救彻，遂终于结为夫妇，并育有一男一女。其后二十年儿女俱已长成，什样景染病而殁，继缘和尚遂再度出家。第二本"题目"为"碧窗下喜共读，绿水边愁送别"，"正名"为"梁山伯墓生花，祝英台身化蝶"，内容写祝英台与梁山伯原有指腹为婚之约，其后梁生落魄，祝父悔婚，而英台则因曾与山伯共读互生情愫，其后祝父迫英台改嫁，山伯病死，当英台被迫嫁往马家途中经山伯墓前见墓上有红花，英台亲往摘取，山伯墓爆裂，英台跃入墓中殉死，其后魂魄双双化为蝴蝶的故事。第三本"题目"为"柏林寺施舍肉身债"，"正名"为"马浪妇坐化金沙滩"。故事内容写延州人民不识大法，堕落迷惘，有马浪妇者誓愿舍肉身为布施以渡化众生，而当地诸长老以之为淫妇，迫逐之使去，马浪妇于临行前遂坐化于金沙滩上。第四本附录一种，"题目"为"困英豪弓矢空射虎，逞威势衣冠赛沐猴"，"正名"为"霸陵尉临阵先破胆，飞将军百战不封侯"，故事内容写汉武帝时将军李广罪免家居，时往南田山中射虎，一夕见巨石，以为虎也，射之，中而没羽，又曾醉归为霸陵尉所辱，虽多次与匈奴战而终身无功的故事。先生在每本杂剧之后皆附有《跋文》，记叙故事之所出及写作之经过。除了《祝英台》剧之出于民间流行之故事及《飞将军》剧之出于《史记》之《李将军列传》较为众人所熟知以外，至于其他二剧，则《再出家》之故事盖出于宋洪迈《夷坚志》之《野和尚》条，《马浪妇》之故事则出于明梅禹之《青泥莲花记》。不过先生所采用者实在仅不过为故事之梗概而已，至于详细之关目情节则皆出于先生自己之创造，与原来之故事亦多有不尽相合者。本来元人杂剧之本事亦往往多取材于旧史及说部而加以增删和演义。自其表面观之，则先生剧作之取材与元杂剧之取材实在极为相似，不过事实上其间却有一点绝大的不同之处，盖元剧之所写者无论其与原来之本事之是否相同，总之其写作之目的多不过仅为搬演之际可以取悦于观众而已。而先生之所写则是并非仅为搬演而同时也为阅读之戏剧，其目的并不在于搬演一个故事，而是要借用搬演故事之剧曲，来表达出对于人生之某种理念或思想。这种写作态度，无疑的曾受有西方文学很大的影响。先生在其《游春记》一剧之序文中，便曾经赞美古希腊之《被缚的普罗米修斯》(*Prometheus Bound*) 一剧说："其雄伟庄严，只千古而无对，而壮烈之外加之以仁至义尽，真如静安先生所云：'有释迦基督担荷人间罪恶之意。'"从这一段话看来，则先生自己在剧作方面的理想，也就可以想象而知了。

在《苦水作剧三种》及附录一种之剧集中，如果就其内容用意言之，则其中最容易使人将其中之含义认识清楚的，实在是取材于《史记》的《飞将军》一剧，这本杂剧主要是借着"飞将军百战不封侯"的故事写一个失意的将军，空有着杀敌的本领却一直未能得到杀敌之机会的命运之悲剧，我们现在就把其中最值得注意的曲子抄录下来一看：

> 第一折之〔油葫芦〕云："得志的儿曹下眼看，分什么愚共贤，金章紫绶更貂蝉，马头一顶遮檐儿伞，乔躯老直走上金銮殿，没学识，没忌惮，老天你好容易生下个英雄汉，却怎生觑得不值半文钱。"

第四折之〔大石调六国朝〕云:"粘天衰草,动地胡笳,积雪压穹庐,寒冰凝铁甲。虎瘦雄心在,听冬冬更鼓初挝,月上夜光寒,映缕缕将军白发。谁承望封侯万里,堪怜早六十年华,还说甚杀敌掳名王,空只是临风嘶战马。"

前一支曲子写一些不学无术的人都得到了高官显爵,而真正有杀敌本领的英雄却被投闲置散;第二支曲子写白发的将军虽然雄心未老而却壮志难酬。两支曲子都写得感慨悲壮,把这一本杂剧的主题和用意表现得十分有力量。

其次一本主题和用意也比较容易认识清楚的则是《祝英台身化蝶》一剧。本来这一个民间故事已经流传了很久,从元代之杂剧直到今日之电影及地方戏,都有根据这一个故事而改编的作品。一般说来,大家对此一故事所着重的主题约有两点,其一是强调生离死别的爱情之悲剧,其二是强调对于旧礼教之批判。前者赚人热泪,后者引人反抗,但私意以为先生所写的这本杂剧,其重点却似乎除去前二者之外还另有所在,那就是对于足以超越生死的精诚之心意的歌颂。在这本杂剧的第三折中,曾写到梁山伯死后托梦给祝英台说:"如今我的墓上生了一株红花,是从墓中我的心上生出来的。"又说:"姐姐你记住,那花儿须是你自己摘,别人摘不下来的。"其后在第四折中写到祝英台在嫁往马家的路上经过梁山伯墓地的时候,果然见到墓顶上赤艳艳地开着一朵红花,当时祝英台曾唱有一支曲子:

〔甜水令〕似这般三九严冬,寒云凝雾,坚冰铺野,林木也尽摧折,则那一朵红葩,朝阳吐艳,临风摇曳,除是俺那显神灵的兄弟英杰。

其后写到坟墓爆裂,祝英台在投身入墓之前又唱了一支曲子:

〔离亭宴带歇指煞〕呀,俺则见疏剌剌地狂风一阵飘枯叶,骨都都地黄尘四起飞残雪,浑一似呼通通地山崩地裂,还说甚冉冉地夕照影萧寒,漠漠地天边云黯淡,涓涓地山水流呜咽,则你那里苦哀哀地百年怨恨长,俺这里冷森森地三九风霜冽,禁不住扑簌簌地颙边泪泻,只道你瑟瑟地青星堕碧霄,沉沉地黄壤瘗白玉,茫茫地沧海沉明月,从此便迢迢千秋无好春,悠悠万古如长夜,却原来皇皇地英灵未绝。马秀才你寂寞地锦帐且归休,梁山伯咱双双地黄泉去来也。

在这二支曲子中,所表现的都不是像一般电影或戏曲中之只知赚人热泪的哀哭而已。先生所写的是一种精诚的心志之力量,是虽然在死后也能在墓顶上于三九严冬寒云凝雾中开出的赤艳的红花,是能够使得隔绝死生的无情的坟墓都能为之爆裂的"皇皇地英灵未绝"。虽然这些奇迹并不一定合于科学上之"真实",但这种精诚所至金石为开的坚贞的心意,却是千古以下都会使人受到感动和激励的。而先生全剧所要表现的就正是这种精神力量的一种象喻,这与一般只写一个悲剧故事，或者借此不幸之悲剧以表现对于旧礼教之批判的演故事或说教训的表现法是有着很大的不同的。

除去前二种杂剧以外，我以为先生之更易引起别人误会，更难使人了解其真正之主题和用意的，实在是《再出家》和《马浪妇》二本杂剧。因为前二种杂剧无论其真正之用心立意是否为读者所了解，至少从故事本身的外表情节来看，总还不失一种严肃的意味。而《再出家》一剧所写的一个既还了俗又结了婚的和尚，和《马浪妇》所写的一个以肉身布施的淫妇，若只从故事本身的外表情节来看，就更加显得荒诞不经了。然而我却以为这二本杂剧不仅就内容而言，较之前二种杂剧有更为深微之用意，即使就表达之艺术手法而言，较之前二种杂剧也有更可重视之成就。现在我们就先从表达之艺术手法方面来谈一谈。本来中国的小说和戏曲，一向大多是以写实为主的，而且经常带有某些说教的意味。可是先生的这二本杂剧，却是带有一种象征之意味的创作，以整个的故事传达一种喻示的含义，这种表达方式是近代西方小说家、剧作家甚至电影导演，都曾经尝试采用过的一种表达方式，自五十年代后期的尤金·尤涅斯库（Eugene Ionesco）到六十年代的塞缪尔·贝克特（Samuel Beckett）和哈罗德·品特（Harold Pinter）诸位剧作家，他们所写的戏剧便都不仅是一个故事，而是借故事的外形以传达和喻示某种思想或心灵的理念和感受。我这样说，也许会有些人不以为然，因为先生的这两本杂剧都是一九三六年的冬天写定的，比西方那些剧作家写作这一类剧本的时间要早了十年以上，而且先生的剧作也并没有像西方那些剧本的极端荒谬的形式和意念，不过无论如何以剧作中之具体的人物情节来喻示某一种抽象的理念情意，这种表达方式则是极为相近的。而先生之所以能够突破了中国旧有的传统，竟然开创了一条与后起之西方剧作家相接近的途径，成为了一位在文学创作之发展中的先知先觉者，其早年研读西方文学所曾经受到的影响当然是不容忽视的。我们前面论及先生对戏剧创作之理想时，已曾引用过先生对于古希腊名剧《被缚的普罗米修斯》一剧之赞美的话，以为此一剧表现有"释迦基督担荷人间罪恶之意"。而古希腊之名剧其含有丰富深微委曲之含义，足以令人思索玩味者，实不仅《被缚的普罗米修斯》一剧为然，这正是何以王静安氏及先生都以为中国旧传统之剧作不如西方而思有志于戏曲之创作的一个主要原因。所以先生之有意在其剧作中寄托一种深微高远的理想和意念，便也是极自然的一种情事。而除了受西洋之剧作的影响以外，我以为西方的近代小说，以及在西方影响下发展起来的"五四"时期前后的中国近代小说，也都曾给予先生很大的影响。先生喜欢在课堂上谈到鲁迅之《阿Q正传》和《狂人日记》等含义深刻的小说，这是凡曾上过先生课的学生都对之有极深刻之印象的；而另外先生在课堂上还曾经谈到过一位白俄作家的作品，大概就不是很多同学对之都留有印象的了。这位白俄的作家名字叫作安德列耶夫（L. N. Andreyev），并不是一位很出名的作者，但他的小说却有一个很大的特色，就是常以小说中之人物情节作为一种抽象的感受或理念的喻示。鲁迅曾译有他的两篇短篇小说收入于《域外小说集》,一篇题目为"谩",另一篇题目为"默",前一篇喻示人生之虚伪,欲杀"谩"而"谩"不死,欲求"诚"而"诚"乃无存;后一篇喻示人生之隔绝寂寞,欲求知谅之不可得。我以为先生盖曾受有此一作家相当之影响,因为先生既曾在课堂中提及此二篇小说,而且自己也曾翻译过另一篇安德列耶夫之作品,题目为"大笑",内容写一个戴有惹人发笑之面具的人,虽然内心极为悲苦,却并无一人能察见其悲苦,而无论此人行至何处,所追随者皆为一片大笑之声。这当然是一篇喻示性的故事。先生此一篇译稿曾经发表在当时(一九四五年前后)北平的一家报纸上(《新生报》或《华北日报》,今已不复记忆,当日曾将此稿剪存,其后在迁移流转中,书物遗失甚多,今已遍寻不见)。从先生对戏曲和小说的这些态度和观点来看,先生在自己的剧作中之喻示有较为深刻的含义,这当然是一件极为可能的事。下面我们便将对先生之《再出家》与《马浪妇》二剧之含义略加探讨。

《再出家》一剧之含义,主要可能有以下几点,其一是佛家之所谓"透网金鳞"之禅理,先生在其《稼轩词说》中论及稼轩之《八声甘州》"故将军饮罢夜归来"一首词时,曾经举引过一则禅宗公案,云:"昔者奉先深禅师与明和尚同行脚,到淮河,见人牵网,有鱼从网透出,师曰:'明兄!俊哉!一似个衲僧。'明曰:'虽然如此,争如当初不撞入罗网好!'师曰:'明兄,你欠悟在。'"深禅师之所以如此云云者,盖因未撞入网的鱼,对于网并没有必然能脱出的把握，唯有曾经撞入网而又能脱出的鱼，才真正达到了不被网所束缚的境界。未曾还俗以前的继缘和尚，就譬如是一条未撞入过网内的鱼，所以终不免被网所缠缚，直至其垂老再度出家时，才真正脱出了网的束缚。这一则"透网金鳞"之公案，先生在课堂讲书时亦曾常常举引，所以先生在其所写的《再出家》一剧中之含有这种哲理的意味，该是极有可能的。其次，我以为先生在此剧中可能还寓有一种救人便须救彻的理想。在本剧的第三折写有什样景对继缘和尚所说的一大段宾白，云："师兄，你知道慈悲为本，方便为门，可还知道杀人见血，救人救彻吗？你如今害得我上不着天，下不落地，哪里是你的慈悲方便？你出了钱来养活着我，让我来活受罪吗？昔日释迦牟尼，你不曾说来吗？在灵山修道的时节，割肉喂虎，剜肠饲鹰，师兄道行清高，难道学不得一星半点儿？如若不然，从此后休来我面前打闪，搅得我魂梦不安。"这一大段宾白不仅在文字方面写得十分沉着有力，而且在用意方面还提出了一种无论是想要成佛或做人，都应该追求向往的最高理想，那就是不惜自己牺牲或玷污而却要救人救彻的精神。这种用意，先生在讲课时，也曾屡屡及之，而且常常把为人与为诗相并立论。例如先生有一次在讲到姜白石的词的时候，就曾经批评白石词的缺点是太爱修饰，外表看起来很高洁，然而却缺少深挚的感情，先生以为一个人过于自命高洁，白袜子，不肯踩泥，则此种人必不肯出力，不肯动情。先生所倡示的实在是一种不惜牺牲或玷污自己而入世救人的精神。如果将先生平日讲课的话与这一本杂剧参看，我们就更可以明白先生的《再出家》一剧，所写的决不仅是一个故事而已，而是先生通过故事的形式所要传达的他自己对于人生的某种理念。这一点认识是非常重要的。至于《马浪妇》一剧所写的以肉身施舍布人的故事，就也正是前一剧之宾白中所说的"割肉喂虎，剐肠饲鹰"之精神的故事化的表现。在《马浪妇》的第一折中，马浪妇一出场，就唱了三支曲子：

〔黄钟醉花阴〕云幻波生但微哂，万人海藏身市隐，你道俺恋红尘，那知俺净土西方坐不得莲台稳。

〔喜迁莺〕好教俺感怀悲愤，但行处扰扰纷纷，朝昏，去来车马，恰便似漠漠狂风送断云，无定准，都是些印沙泥的雁爪，沿苔壁的这蜗痕。

〔出队子〕有谁知此心方寸，田难耕，草要耘，一分人力一分春，转眼西天白日曛，可怜这咫尺光阴百岁人。

在这三支曲中，第一支曲子所表现的实在就是"我不入地狱谁入地狱"的救世精神。第二支曲子则是写人心之纷扰痴愚。然而先生对人世所采取的却又决不是完全否定消极的态度，所以下面第三支曲子先生所写的就是在心灵之修养持守方面，所当做的努力。而更可注意的其实是在这一折中后面所写的另一支曲子：

〔刮地风〕俺也会到这寒宵将您那锦被儿温，俺也会准备您的箪食盘飧，俺也会嘘寒送暖将您来加怜悯，俺为您作几件儿衣巾，作两套儿衫裙，爱您似竹林的春笋，我送给您腮边的密吻，到晚夕卧床边将您来怀中抱稳，为什么您偏生不认真，跪面前叫一声娘亲。

这一支曲子是写众儿童对马浪妇嘲笑打骂时，马浪妇所唱的曲子，表面虽似乎荒诞不经，但其实内中所蕴含的则是一种抱有救世之慈悲的深愿，然而却不能为世人所了解和接受的深刻的悲哀。这种悲哀在到了第四折时有更明白的叙写，例如下面的一支曲子：

〔醋葫芦，幺篇之二〕：俺常准备着肉饲虎肠喂鹰，走长街吆喝看卖魂灵，您当俺不是爷娘血肉生。俺生前，无谁来相钦敬，俺死后将这臭皮囊直丢下万人坑。

以及结尾一支曲子中的最后二句："我请那释迦佛来作证，则被着恶名儿直跳下地狱最深层。"像这些曲文可以说对本剧所蕴含的意旨都有着明白的提示。因此我们说先生的剧作中有着严肃深刻的取义，这是足可以为证的。

至于先生的第二本剧集《游春记》，其内容则取材于《聊斋》中之《连琐》一则故事。据先生在《自序》中所云，此剧之着笔盖始于一九四二年一月间,而其完稿则在一九四五年之二月中,《自序》又云:"初意拟为悲剧,剧名即为《秋坟唱》,即迟迟未能卒业,暇时以此意告知友人,或谓然,或谓不然,询谋既未能佥同,私意亦游移不定,今岁始决以团圆收场,《游春》之名,于以确立。"当先生撰写此剧之时,也正是我从先生受业之时,记得先生当日也曾与同学们谈及此剧将以悲剧或喜剧结尾之问题,而且也曾在课堂中论及西方悲剧中之人物性格,其所曾讨论者,先生已大半写之于《游春记》之《自序》中。先生为"悲剧"和"喜剧"所下之定义与西方并不尽同,依先生之意,以为"悲剧中人物性格可分二种,其一为命运所转,又其一则与命运相搏"。对所谓"与命运相搏"者,先生又曾加以诠释,曰:"遇有阻难,思有以通之,遇有魔障,思有以排之,……通之而阻难且加剧焉,排之而魔障且益炽焉,于是乎以死继之,迄不肯苟安偷生,委曲求全,……窃意必如是焉,乃成乎悲剧之醇乎醇者矣。"持此一标准以求,先生以为西方莎士比亚之剧,"若《韩穆莱特》,若《利耳王》,其显例已"。而在中国之元明杂剧及传奇中,则根本缺少此类之悲剧。先生曾引王静安先生《宋元戏曲考》之言曰:"明以后传奇无非喜剧,而元则有悲剧在其中。"然而依先生之见则以为"即以元剧论之,若《梧桐雨》,若《汉宫秋》,世所共认为悲剧也,顾明皇元帝皆被动而非主动,乃为命运所转,而非与之相搏,若《赵氏孤儿》剧中之程婴与公孙杵臼,庶几乎似之,然统观全剧,结之以大报仇",凡此类戏剧,严格地说起来,盖皆不合于先生为悲剧所下之定义，所以在先生的标准之下，元明诸剧作中可以说并无理想之悲剧。至于所谓"喜剧"者，则先生以为静安先生所说的"明以后传奇中之喜剧"，实在不得称之为"喜剧"，而"当谓之'团圆剧'始得耳"，而"团圆剧"则是被先生平时"常因为堕人志气坏人心术者也"。盖以一般团圆剧之所写者，多不过为功名成就亲事合谐，斯不过为人情物欲之满足而已，故先生以为此种戏剧多属浅薄庸俗，全无高远之理想志意可言。那么先生所理想之喜剧又该是怎样的呢？先生在《自序》中对此虽然并无详细之阐释，而却有一段简短的说明云："今之为此《游春记》也，其自视也则又何如？则应之曰：'人既有此生，则思所以遂之，遂之方多端，而最要者曰力，其表现之于戏剧也，亦曰表现此力则已耳。其在作家，又惟心力体力精沛充实，始能表现之。悲剧喜剧，初无两致。'"如果从这一段简短的提示以及《游春记》一剧本身之故事来看，我们可以推测先生理想中的"喜剧"与其所谓"堕人志气坏人心术"的"团圆剧"必然有很大的不同，而最主要的分别则在于先生之所理想中的"喜剧"是要表现有一种为求遂其生而须付出追求之艰辛的"力"的作品。假如从这一种衡量的标准来看，我们便会发现先生的《游春记》之所以选取《聊斋志异》中之《连琐》一则故事作为素材，而且决定以"喜剧"为结尾，其中是果然有着深刻之取意的。

首先从故事之取材而言，我以为先生之所以选取了《聊斋》中之《连琐》一则故事作为素材的缘故，主要盖取其由死而复生的一点象征的用意,这当然与把此一故事只有做僵尸复活之迷信的事件有着绝大的不同,先生只是借用此一则故事来表现一种可以起死人而肉白骨的精神和感情的伟力,同时也表现一种求遂其生的强烈的意志和愿望。在本剧第一本的第一折中,正末杨于畏出场所唱的第一支曲子《仙吕点绛唇》中所描写的虽然是"黄叶凄凄,又是悲风起"的秋天的肃杀悲凉的景色,可是紧接着的第二支曲子《混江龙》,杨于畏所唱的却是:"任岁月难留如逝水,尽摧残不尽是生机。"对坚强的生意的歌颂,同时还唱出了他自己的"则平生有多少相思意,相伴着花开花落,春去春归"的缠绵执著的感情。到了第二折中,写连琐的鬼魂出现,则象征了一个多情美好的生命被幽闭于隔绝凄冷之世界中的悲苦寂寞的心情,也曾经通过杨于畏的口吻唱出了下面一支充满同情之感的曲子:

〔十二月〕可怜他腰肢瘦损,肺腑难伸,空剩下一身的窈窕,融解作四野氤氲,则他那无边的怨苦,直引起半世的酸辛。

到了第三折,则写出了对于爱情和生命之追求寻觅中的徘徊和迷惘,如杨于畏所唱的下面一支曲子:

〔川拨棹〕情暗伤,他争知人见访,俺则见风冷云黄,水远山长,树映着朝阳,叶带着余霜,起伏着陀岗,上下看牛羊,我耐无聊徘徊半晌,则夜来的吟诗,真个也,梦想!

到了第四折则由正旦连琐作为主角,于是就更为直接地唱出了她自己的多情而被幽闭的凄怨,如下面一支曲子:

〔紫花儿序〕一夜夜清眸炯炯,绣履盈盈,行来荒野,立尽残更,无情,有情呵,幽闭在泉台下待怎生。

然后就接写连琐之鬼魂被杨于畏的诚挚之情所感动,于是而前来与之相会,曾经唱了几支曲子,表现出对于感情的诚挚的力量的感动,例如下面的一支曲子:

〔调笑令〕月明,淡云横,想昨夜三更那后生,立荒园不管霜风劲,把新诗霎时酬定,则他那聪明更兼心志诚,热肠儿敢解冻融冰。

以上是本剧的第一本,一共四折,只写到连琐的鬼魂与杨于畏相见为止。

到了第二本开始,故事的背景就已经由前一本之凄寒的秋日转变为风雪凛冽的严冬。如果说前一本之秋日的背景象喻了虽然在凋零肃杀之中也难以被摧毁的生机,那么第二本第一折之严冬的背景则更可以说是有着两层的提示和暗喻,其一是因季节之改变所暗示出来的杨于畏与连琐之间的感情的增长和坚定；其二是因严寒的凛冽才更可显示出对于生机之追寻有着不畏风雪的坚强执著的精神。所以在第二本的第一折，连琐一上场所念的定场诗的末二句就是："常爱义山诗句好，不辞风雪为阳乌。"表现了虽然在严冬中但坚决要追求光明和温暖的坚强的心意。到了第二本的第二折，则季节已经自严冬转为风光明媚的春天，而连琐的幽魂也已经洋溢着满怀生意。所以在这一折中，连琐一上场所唱的定场诗的末二句就是："幽绪满怀蚕作茧，生机一片水生涛。"但若只是连琐心中有了这一片生机却仍嫌未足，正如古今中外所有的神话或宗教中所喻示的一样，凡一切再生的救赎，都需要有一种牺牲的血祭，因此连琐便向杨于畏提出了要以一滴活人的鲜血滴入脐中的要求。当这一幕庄严的仪式完成以后，正末杨于畏在下场时念了一首下场诗，说："带月荷锄汗未消，南山曾记豆生苗。谁知深夜明灯下，一朵心花仗血浇。"这首诗用陶渊明写躬耕之辛苦的诗句"带月荷锄归"来喻写对于心田中之心花的浇灌，正可见出凡属一切收获皆须付出汗血之代价的严肃的意义。到了第三折是对连琐之起死回生的正面的叙写，在这一折中，先生用了北曲中一套著名的套曲《九转货郎儿》，是先生的用力之作，其中有几支曲子写得笔酣墨饱，非常出色，例如：

〔九转货郎儿〕也是俺的至心宁耐，也亏俺的痴心不改，感动得巫娥飞下楚阳台，我破家私将春光买，我下功夫将好花栽，也有个万紫千红一夜开。

〔四转〕且莫道人生如梦,说不尽至心爱宠,将一幅画图儿叫真真,叫得哑了喉咙,也有个幽灵感动,悲欢相共,恰便是向荒田中,沙漠里,将情苗种,也有个一夜东风,装点春容,人道是三山难遣风相送,凡人休作神仙梦,你看俺恰便是挂起了帆篷,东指云海蓬莱有路通。

〔八转〕俺这里凝看不瞬,他那里星眸闭紧,告巫阳好和俺赋招魂,且将这安息漫焚,漫焚,悄无声,气氤氲,我静待青春归来讯,则见他挪娇身也么哥,浡香津也么哥,弹下鬓云,慢转秋波,动着樱唇,渐渐地娇红晕粉,晕粉,两朵明霞弄腮痕,越越地添风韵。听微呻也么哥,看轻颦也么哥,这一番亲到瑶台逢玉真。

这里所引的三支曲子,前二支写经过艰苦的寻求和期待以后,终于可以如愿得偿地欢欣和兴奋,第三支则写亲眼得见到自己所期待已久的美好的生命的复活。先生将之写得极为细腻生动,而所有的描写其实都带有超越于现实之上的一种象喻的含义,这种用心,是读者所绝不应该对之忽略的。

以上第一本四折和第二本之前三折,剧中的故事情节与《聊斋》中之《连琐》一则的故事大抵可以说相差不远。到了第二本的第四折所写的杨于畏与复活以后之连琐并马游春的故事,则不是《聊斋》之所原有,而是全出于先生自己之想象和创造了。如果我们想到先生在《自序》中所曾提到的最初写此剧时对于以悲剧或喜剧结尾的慎重考虑，我们就会知道先生之所以决定以喜剧结尾，并且增出此一折《聊斋》中所本来没有的"游春"的情节，更把全剧定名为《游春记》，这其间必然有先生一种深微的用意。我以为先生此一折所要写的，实在应该是理想中一种美满之人世的象喻。而且更可注意的是先生在其所写的"游春"之中，还特别安排了"登山观海"的叙写，也就是说先生所理想中的美满的人世，不仅应有如春日的欣荣，而且更应该有一种如同"登山观海"之高远的蕲向和志意。关于这种象喻的意义，先生在这一折的剧曲中，也有足够的叙写和暗示。例如当剧中写到杨于畏与连琐来到海滨观海的时候，他们二人曾经有几句宾白，先是"（末云）娘子，你觑兀的不是大海当前也。（旦云）相公，你听林籁涛声，宫商交作好悦耳也"。于是下面正旦连琐就接唱了几支曲子：

〔耍孩儿〕自然海上连成奏，多谢你个挡弹妙手，相伴着长林虚籁正清幽，珊珊佩玉鸣璆，说什么翠盘金缕云裳舞，月夜春风燕子楼，到此间齐低首，听不尽宫音与商音同作，看不尽云影和日影交流。

在这支曲子中对于海的赞美，当然也就象喻着对于一种高远雄壮的美好的境界的向往。后来写到海上日落，正旦连琐又唱了一支曲子：

〔一煞〕遥空晚渐低,绮霞明未收,将海天尘世一起来庄严就,将遍人间绛蕊融成色,合天下黄金铸一个球,潮音里响一片钧天奏,比月夜更十分渊穆,比春朝加一倍温柔。

在这一支曲子中,其歌颂和象喻的意味,比前一支曲子就更为明显了。我以为在中国文学史上,无论是在任何一种文学形式的创作中,如此富于反省自觉地苦心经营,使用象喻的手法写出一种至圆满至美好之理想人世之境界者,实当以先生此剧为第一篇作品,这一种成就和用心是非常值得我们尊敬和重视的。

最后我还要提出一点小小的补充说明,就是在此一剧中,先生曾经为杨于畏安排了一个净扮的书童"抱琴",时常做一些插科打诨的说唱和动作。这是剧作中常有的一种调剂,不必有若何深意。至于在下卷第一折前面的楔子中先生又安排了杨于畏的四个学友来书斋中作闹之事,则一来因《聊斋》的故事中也有关于这些情事的记叙,而且这种安排也暗示了在对于美好之事物的追寻过程中,也往往可能会遇到一些对美好之事物不知珍重爱惜,而竟以焚琴煮鹤之恶作剧为乐的人物。如此则此一楔子中之玩闹的恶作剧,便也隐然有一层象喻之意味了。

五、尾 言

如我在前文所言,我聆听羡季先生讲授古典诗歌,前后盖曾有将近六年之久，我所得之于先生的教导、启发和勉励，都是述说不尽的。当一九四八年春，我将要离平南下结婚时，先生曾经寄了一首七言律诗送给我，诗云："食荼已久渐芳甘，世味如禅彻底参。廿载上堂如梦呓，几人传法现优昙。分明已见鹏起北，衰朽敢言吾道南。此际泠然御风去，日明云暗过江潭。"先生又曾给我寄过一封信，说："不佞之望于足下者，在于不佞法外，别有开发，能自建树，成为南岳下之马祖，而不愿足下成为孔门之曾参也。"先生对我的这些期望勉励之言，从开始就使我在感激之余充满惶愧，深恐能力薄弱，难副先生之厚望，何况我在南下结婚以后不久，便因时局之变化，而辗转经由南京、上海而去了台湾。抵台后，所邮运之书籍既全部在寄运途中失落无存，而次年当我生下第一个孩子以后不久，又不幸遭遇到了一些意外的忧患。我在精神与生活的双重艰苦重担之下，曾经抛弃笔墨不事研读写作者，盖有数年之久，于时每一念及先生当日期勉之言，辄悲感不能自已。其后生事渐定，始稍稍从事读写之工作，而又继之以飘零流转，先由台湾转赴美国，继又转至加拿大，一身萍寄，半世艰辛，多年来在不安定之环境中，其所以支持我以极大之毅力继续研读写作者，便因为先生当日对我之教诲期勉，常使我有唯恐辜恩的惶惧，因此虽自知愚拙，但在为学、做人、教书、写作各方面，常不敢不竭尽一己之心力之自龟勉。而三十年来我的一个最大的愿望，便是想有一日得重谒先生于故都，能把自己在半生艰苦中所研读的一点成绩，呈缴于先生座前，倘得一蒙先生之印可，则庶几亦可以略报师恩于万一也。因此当我第一次回国探亲时，我便向亲友探问先生的近况，始知先生已早于一九六〇年在天津病逝，而其著作则已在身后之动乱中全部散失，当时心中之怅悼，殆非言语可喻。遂发愿欲搜辑整理先生之遗作。数年来多方访求，幸赖诸师友同门之协助，又有先生之幼女顾之京君，担任全部整理抄写之工作，更有出版社热心学术，愿意接受出版此书之任务。行见先生之德业辉光一向所不为人知者，即将彰显于世。作为先生的一个学生，谨将自己对先生一点肤浅的认识，简单叙写如上。昔孔门之弟子，对孔子之赞述，曾有"仰之弥高，钻之弥坚，瞻之在前，忽焉在后"之语，先生之学术文章，固非浅薄愚拙如我之所能尽，而且我之草写本文，本来原系应先生幼女顾之京君之嘱，所写的一篇对先生之教学与创作的简介，其后又经改写，以之附于先生遗集之末，不过为了纪念先生当日之教导期勉，聊以表示自己对先生的一份追怀悼念之思而已。

一九八一年六月初稿
一九八二年四月改写
一九八二年八月定稿

略谈多年来我对古典诗歌之评赏及感性与知性之结合

《迦陵谈诗二集》后叙

数年前,当《迦陵论词丛稿》出版之时,我曾经为之写过一篇《后叙》,内容主要在说明书中所收录的文稿,虽然是写作于不同之时间与不同之地域的作品,然而如果就诗歌评赏所当着重的感发之本质而言,则其中却原是有着超越于时间地域以外之足以相通之一致性的。我曾于一九七〇年由台北三民书局出版了《迦陵谈诗》二册,十余年后的今天,《迦陵谈诗二集》又由三民书局出版,其中所收入的文稿,也同样是写作于不同时间与不同地域之作品,而这一次我却想要在这些文稿之可以相通之一致性以外,也谈一谈其不同性质之差别性。

《迦陵谈诗》及《迦陵谈诗二集》所收录的文稿,若以写作时间之先后而言,则最早的一篇首当推一九五七年我在台湾所写的《从义山〈嫦娥〉诗谈起》一文,而最晚的一篇则当推一九八二年我在温哥华所写的《纪念我的老师清河顾随羡季先生》一文,这期间前后相距盖已有二十五年之久,如果要想用简单的几句话来说明在此一漫长的期间内我自己研读态度与写作方式之转变,我想我可以说自己所经历的,乃是一段从主观到客观、从感性到知性、从欣赏到理论、从为己到为人的过程。在这段漫长的过程中,我当然曾经有所获得,但也曾有所失落。因此我便想要为这册《迦陵谈诗二集》也写一篇《后叙》,既以之说明我个人之转变,同时也借之对自己所曾经历过的路程一加分析和检讨。

我首先要提出来加以讨论的,就是《迦陵谈诗》一书中所收的写作时间最早的一篇作品《从义山〈嫦娥〉诗谈起》,这篇文稿,仅从题目来看,便已可见出其并非严肃性的学术论文,而只不过是发抒个人读诗之一点心得及感受的随笔性的作品而已。使我采取这种方式来写作的原因,大约有以下几点。其一是因为当时邀我写稿的原是台湾的《文学杂志》,这是一本古今中外并包、创作与论述兼收的杂志,而并非性质严肃的专门的学术刊物,因此我才敢放笔去随意抒写,摆脱了体例和形式的局限。其二是因为我过去在北平辅仁大学读书时,担任我们唐宋诗课程的顾师羡季先生,讲课常是一任意兴之感发,既没有固定的教材,也没有固定的进度,然而却可以给学生以极大的启发和感动。我个人以为羡季师所传达的才真正是诗歌中最宝贵的感发生命之本质,而并不是诗歌以外的知识和文字而已。可是我自己在教课时,则因为学校的规定,常不得不接受教材及进度的限制,而不能像羡季师一样做这种纯任感发的自由讲述,但在内心中则常存有一种跃跃欲试之意,于是遂颇想借此机会一作尝试。其三则如我在该文中之所叙述,引起我写作该文之动机的,原是由于一种偶然的感动和联想,而行文时之藤生蔓引的牵涉,也都是由于一种机缘的巧合,颇近于写诗时之所谓灵感,而并不尽出于理性之思索。因此我在这篇文稿中,乃表现有几点特色:一则是行文的自由。我既从对于李商隐《嫦娥》一诗的欣赏和诠释,而谈到了诗歌中的寂寞心,又从诗歌中的寂寞心,而谈到了王国维之哲人的悲悯及王维之修道者的自得。而此种进展乃全出于机缘凑泊之联想,既没有时代先后的观念,也并非出于有心的比较和安排,此其特色之一。再则是我对于该文中所涉及的几位诗人的称谓并不一致,我对王国维称"静安先生",以表现我的一份尊敬之意,对王维称"摩诘居士",以表现我的一份疏远之感,而对于李商隐则不加任何称谓,而直呼其字曰"义山",以表示一种近于同类的亲切,像这种纯任一己之意兴的写作方式,当然并不合于一般的习俗和惯例,此其特色之二。三则是我对于李商隐、王国维及王维三位诗人之作品的欣赏与诠释,乃全出于自己读诗时之一点自我的体会和感受,我既未曾对这三位诗人做全面的研讨和衡量,也未曾抄袭或依傍任何前人所已有的见解和成说,此其特色之三。像这种纯任一己之联想与主观之感受的写作方式,当然决不合于任何学术著作的正式要求,但是我以为这种写作方式有时却确实可以传达出诗歌中之感发的生命。而且可以在作者与读者之间形成一种活泼的生生不已的感发之延续。因此这一类作品所评赏的虽然是古人的诗歌,然而却往往也可以流露出来评诗人之心灵与感情的跃动。所以我以为这一类的评赏及写作方式,乃是主观的、感性的、欣赏性的、是为己的而不是为人的。因此我在《从义山〈嫦娥〉诗谈起》一篇文稿的结尾之处便曾特别加以声明说"我这种解说和比较,都只凭一己之私见,或者不无欠充失当之处,但我原无意于评诗说诗,我只是写我个人读诗的一点感受而已"。

与这一篇文稿可以作为相对之比较的,则是本书中所收的时间较晚的我在温哥华所写的两篇作品:一篇是一九七五年曾在台湾的《中外文学》发表过的《钟嵘〈诗品〉评诗之理论标准及其实践》,另一篇则是一九八一年完稿的《从形象与情意之关系看"赋"、"比"、"兴"之说》。这两篇文稿与前一篇文稿,在研读态度及写作方式上,当然都有很大的不同。最明显的一点差别,则是前一篇文稿所写的乃是对于诗歌本身的感受和欣赏,而后二篇文稿所写的则是对于诗歌之理论的讨论和分析,前者主观,后者客观,前者以感性为主,后者以知性为主,这些差别当然都是明显可见的。至于我何以将前一类作品称为"为己"之作,将后一类作品称为"为人"之作,则是因为我在写前一类作品之时,乃是全以自己读诗之感受及心得为主,颇有一些近于陶渊明之所谓"每有会意,便欣然忘食",及欧阳修之所谓"至欢然而会意,亦旁若于无人"的意味,但求自我抒发之乐趣,而并不大在乎我所写的内容之是否能得到一般读者的认同和了解；而后一类作品则是以知解的辨析为主，所以就写作之动机而言，则这类作品可以说是从一开始便已经带有了想求得别人之认同与了解之目的。而造成我之欲以知解辨析来求得别人之认同与了解的原因，则约而言之大概可以归纳为下面两点重要的因素：其一是由于现实的谋生的需要，其二是由于理想中传承的责任。先就第一点现实的谋生的需要而言，自从我移居到国外以后，因为要参加一些国外学术性的会议，及在一些学术性的刊物中发表作品，自然便不得不顾念到国外学术界所要求的一般之研读态度及写作方式，而国外学术界对于论文的共同要求，则首在于客观的态度、审慎的思辨和细密的考证。我既然要在国外谋生，当然便不得不使自己的写作尽量合乎他们所要求的标准，这是使得我的写作开始有了"为人"之意念的第一项重要因素。再就第二点理想中传承之责任而言，则由于我多年来从事古典文学之研读与教学，因而养成了我对于中国古典文学的一种深厚的感情，我以为在中国古典文学之遗产内，原来曾经凝聚着数千年来中华民族文化中最宝贵的精华和心血，不仅在文学创作中蕴含着才人志士的伟大的心灵与品格之光芒的闪烁，而且在文学理论中，也积蓄着不少前贤往哲之深思冥索的智慧的结晶，只不过因为历史的距离，使他们的思维与表达之方式与现代人之间有了很大的差别，再加之以大陆的"十年动乱"，与台湾这些年来过分追求西化的结果，遂使得今日的中国年轻人，对于了解和继承中国古典文学之遗产，有了更大的困难。而当我在海外居留的时间愈久，对自己祖国的文化眷念日深的时候，便忽然警觉到自己过去在台湾教书时，只着重对诗歌之感性欣赏的教学与写作方式，并没有完全尽到自己所应尽的传承的责任。因为如果对于中国的古典文学，不能在客观的、知性的、理论的方面，具有深厚的根基，便不能养成正确的判断的能力，而如果盲目地使用自己的主观，或盲目地接受西方的理论，则对于中国古典诗歌的欣赏和诠释，便极容易造成很大的扭曲和偏差（关于此点，在本书《关于评说中国旧诗的几个问题》一文中，曾有详细之论述，可以参看）。因此我在写作之时，便逐渐也注意到客观的、知性的、理论的辨析之重要性，希望能使中国年轻的一代，于继承中国古典文学之遗产时，在由现代通往古代的长途遥距中，能够受到一些启发。这是使得我的写作态度由"为己"转向"为人"的第二项重要因素。当然，我的这种转变，也并非一朝一夕的突变，而且在诗歌之欣赏与诠释中，原来也难以做纯然感性或纯然知性之明确的划分，因此除去我在前面所举出的，可以代表性质明显不同之两类作品以外，在这册书中所收录得更多的，却实在是介乎二者之间的一些作品，通过这些作品，不仅可以看出我在写作之途中的转变，也可以约略看出我对于"感性"与"知性"，"欣赏"与"理论"，"为己"与"为人"，两种不同的研读态度及写作方式，曾经如何加以融会结合的一段过程。

谈到我自己在这两种不同之研读态度及写作方式之间的转变与结合的过程，我以为大体说来，我对于诗歌的评赏乃是以感性为主，而结合了三种不同的知性的倾向：一是传记的，对于作者的认知；二是史观的，对于文学史的认知；三是现代的，对于西方现代理论的认知。先就"传记的"方面来谈，在《迦陵谈诗》所收录的一些文稿中，除去前所述及之《从义山〈嫦娥〉诗谈起》一文，我在评赏该诗时并未曾对于作者李商隐加以任何介绍以外，其后我在《从"豪华落尽见真淳"论陶渊明之"任真"与"固穷"》《说杜甫〈赠李白〉诗一首》《论杜甫七律之演进及其承先启后之成就》《说李义山〈燕台〉四首》诸文中，则在评赏诗歌时，便都曾结合了诸诗人之为人与生平，作为论析立说的依据。只不过当我把感性之评赏与此种知性之资料相结合之时，其所结合的成分之多少及用以结合的方式，则又各有不同。其所以然者，则因为我为文之目的原是在于说"诗"，而并不在于说"人"，所以我虽然在说诗时，也承认作者之为人与生平，可以作为评赏诗歌时之某些依据，然而却与"载道"一派之想以作者之伦理价值，来作为衡量诗歌之标准者，有着截然的不同。我以为诗歌之要素，主要乃在于其所具有的一种感发之生命，因此衡量一首诗歌的重要标准，便当以其所传达的感发生命之质量，及其所传达的效果之优劣为根本之依据。至于如何衡量其感发之生命与传达之效果，则我在本书《〈人间词话〉境界说与中国传统诗说之关系》一文中，已曾提出过可以作为此种衡量的两项基本要素。一是"能感之"的因素，另一则是"能写之"的因素。如果就其"能感之"的因素而言，则其主要的"能感"的主体，自然在于创作的作者，尤其中国诗歌的传统又是一向以"言志"为主的,所以中国的诗论对于诗歌的作者也就一向格外重视。早在孟子就曾说过"颂其诗,读其书,不知其人可乎?是以论其世也"的话,不过中国之重视作者的诗论,却也曾产生过一种过分重视"人"之价值,却反而忽略了"诗"之价值的本末倒置的流弊。因此我愿在此特别说明,我所提出的对于作者之性格为人及其生平背景等"传记的"资料的重视,只是为了我们读诗时,对于诗歌中之"能感之"的因素,可以有更为深入的认识和了解,希望能因此而对其诗歌中所传达的感发之生命的质量,做出更为深刻也更为正确的体会和衡量,而并不是要想以作者之为人的伦理价值,来作为评赏诗歌的依据,这一点是我们必须加以区别清楚的。因此我在评赏诗歌的文稿中,所采用的有关诗人之为人与生平的知性的资料,便往往也只是取其与我所欲阐述的诗歌中之感发生命有关的部分而已,而并不是全面的对诗人之为人与生平的叙述和考证。即如我在《迦陵谈诗》中《从"豪华落尽见真淳"论陶渊明之"任真"与"固穷"》一文中,便是想要从陶渊明之为人的"任真"与"固穷"两点特质,来说明其诗歌之"真淳"的特质。在《说杜甫〈赠李白〉诗一首》一文中,也是想从李白这一位天才诗人之飞扬、挣扎与陨落的一生,来说明其诗歌中所传达的感发之生命的特质。在《论杜甫七律之演进及其承先启后之成就》一文中,则是想从杜甫之集大成的容量与健全之才性,来说明他之所以能在七言律体方面有如此之拓展与成就的基本因素。至于《迦陵谈诗》所收录的,我论及李商隐诗的二篇文稿,则所论的虽是同一位诗人,而我所采用的方式和角度,却也各有不同。在《从义山〈嫦娥〉诗谈起》一文中,我对于诗人李商隐之生平与为人,可以说是全然未曾叙及;在《说李义山〈燕台〉四首》一文中,则我虽然曾经对于李商隐写作此四首诗之时、地与人,做了一番探讨的工作,但结果却又把这些探讨的资料全部加以扬弃,而并未曾用之为立说之依据;只有在另一篇《李义山〈海上谣〉与桂林山水及当日政局》一文中,我才不仅对李商隐写作此诗之历史背景与地理环境,做了详细的探讨和说明,而且也曾利用这些资料,来作为解说分析此诗之重要依据。其所以有如此之差别者,一则虽是由于我自己写作之态度与方式的转变,再则也是由于李商隐写作此三篇作品时,其写作之心态本来也就有所不同的缘故。先就我自己来说,如我在前文所言,我在写有关《嫦娥》诗的一篇文稿时,原只是"为己"的欣赏,而并无"为人"之意,我对《嫦娥》诗之解说,虽自信大体不失诗人之本旨,然而却并未曾想到要把诗人之生平与为人叙写一番,来作为取得别人信服之依据。其次再就作者李商隐而言,我想这一首诗也只是诗人偶然抒感的一首小诗,并没有什么牵涉其生平及历史的重大事件,所以无须对作者之生平与为人的资料多做考证。至于其他两篇文稿,则我便都不免存有一些想要取得别人信服的"为人"之意了,只不过因为李商隐写作此二诗时之背景与心态又各有不同,因此我在评说此二诗时,便也不得不采用两种不同的处理方式。《燕台》四首之主旨,据我在该文中之考证,大约可能有两重含义:其一是李商隐对其一生栖迟幕府之身世的悲慨,其二则是对其平生未能一得知遇的哀伤。至于《海上谣》一诗,则就其写作之时间与地点而言,便似乎除去诗人自我之悲慨与哀伤以外,还更有着一份对当时朝廷政局之托讽的隐喻。因此李商隐在《燕台》四首中,便可以全以感性为主,做主观感情之发抒,而在《海上谣》一诗中,则因为涉及时政的关系,便不得不有心做一种隐晦的暗示的安排,所以当我解说《燕台》四首时,我虽然也做了一番知性的考察,但这种考察却只是为了证明这些知性的资料,有时并不能完全据以为立说的根据,有些诗歌是只能从感性去对作品中感发之生命加以探索体认,而并不宜于指说的。但在说《海上谣》一诗时,我便不得不根据一些知性的资料,来对作者诗中有心的安排和用意,去做一种辨析和说明。我对此二诗的两种不同的评赏方式,可以说就是针对此二种性质不同的难解的诗歌,所提出的两种说诗方式之新尝试。总之,以上所举之种种例证,都足以说明我在采用知性的"传记的"资料时,其目的也依然是在"诗"而不在"人",我对作者的叙述主要是想为感性的欣赏提供一些可以参考互证的资料,这是我在写评赏诗歌之论文时所结合的第一种知性的倾向。

其次再就"史观的"方面来谈,在《迦陵谈诗》一书所收录的一些文稿中,如《中国诗体之演进》及《谈〈古诗十九首〉之时代问题》二文,其为纯属于知性的有关文学史之讨论,固属显然可见,此外如《几首咏花的诗和一些有关诗歌的话》及《论杜甫七律之演进及其承先启后之成就》二文，则前者是在感性的赏析中结合有属于知性的史观的讨论，后者是在知性的史观的讨论中，结合有对于作品的感性的欣赏。这三种不同性质的分别，对我而言，其实也并非有意为之，只不过因为写作时之动机不同，所以就自然形成了这种不同的差别。如我在前文所言，我在过去的写作与教学，原都是偏重于感性之欣赏的，在课堂上虽因教学的需要，有时不得不对文学史的知识加以介绍和说明，但在写作时，却一向不愿写这一类只属于知识之整理的文字，然而却因了某些机缘的巧合，我在台湾大学教书时，曾经被邀参加过一些诗词的讲座及电视教学的节目，因为并非学校中的正式课程，讲授之时间有限，有些属于文学史的知识来不及仔细说明，于是就写了一些有关的资料，以备听讲者的参考，这就是《迦陵谈诗》中所收的《中国诗体之演进》及《谈〈古诗十九首〉之时代问题》二篇文稿之写作的由来。因此这二篇文稿可以说只是有关文学史的知识的整理，虽并非我的用心之作，但却是讲课时必要的参考，这种情形恰好也就正说明了，感性的欣赏也仍需有知性的史观作为基础之重要性。至于其他二篇文稿，则《几首咏花的诗和一些有关诗歌的话》一文，其写作之动机可以说是与《从义山〈嫦娥〉诗谈起》一文颇有相近之处，都是由于一点偶然之触发。不过《嫦娥》一文之触发，是由于李商隐的一首诗歌，而《咏花的诗》一文之触发，则是由于大自然之真正的花朵。当时我住在台北的一幢宿舍中，院内临窗有一株茶花，这种花不像春天之桃李的随风零落，而是由含苞而开放而逐渐憔悴在枝头。其由盛而衰,而鲜美而至于黄萎的生命之历程,曾经给予我极深刻的印象和感受。因此我遂由此而联想到了一些咏花的诗句,也似乎恍然对于古人所谓"悲落叶于劲秋,喜柔条于芳春"的"物色之动,心亦摇焉"的道理,更有了较多的体认,于是遂想到了"心"与"物"相感发之关系。又由这些咏花诗所表现的心与物之关系,体会出了中国之古典诗歌在内容情意方面及表现技巧方面,对这种心物相感的叙写,隐然有着一种由简单而渐趋于繁复的过程,因而我遂在本文的写作中,采取了一种历史的观照的眼光。而当我写作了这篇文章以后不久,我偶然阅读王国维先生之《观堂集林》中的《肃霜涤场说》一文,见到王国维所叙写的由于见到"九十月之交,天高日晶,木叶尽脱,因会得'肃霜''涤场'二语之妙"数语,想到自己也曾由所见之茶花而写了《咏花的诗》一文,也就使我对于此种以感性与知性相结合的研读态度,有了更大的兴趣和信心,所以我以为此文之写作,可以说原来也仍是由感性出发,只不过是在感性的欣赏和分析中,自然体会出了一种可以知性为归纳的历史的观照而已。至于《论杜甫七律》一文,则虽然从表面看来,也是一篇属于以感性之赏析与知性之史观相结合的文字,然其写作之动机与态度,则实在与前篇《咏花的诗》一文有着很大的差别,前篇虽结合有知性之史观,然而其引发起写作之动机者,却仍是由于一种感性的触发,虽有属于"为人"的分析和说明,但基本上却仍是一种"为己"的自抒所感的作品,所以我在该文中解说《苕之华》一诗,及《落花》两首七律时,便也曾如同我在说《嫦娥》一诗时一样,投注有我自己在经历忧患之后的一种主观的感性的情意,可是《论杜甫七律》一文,则虽然在征引诗例之解说中,偶然也仍有感性之赏析,但却很少渗入有任何主观的情意。而且就写作之动机与态度而言,则更已是完全属于客观的,为人的,以知性来写作的文字了。原来当日台湾在六十年代初期,曾经因为受到欧美文学潮流之影响,而一度流行过所谓现代诗的写作,这一类诗歌常以句法之颠倒错综,以及意象之超越现实,为创作之风尚,因而在社会中颇引起了一些争论。我个人的看法以为,此种写作方式,一方面固然确实可以传达出某种幽隐复杂难以常言叙写的情思,而造成一种特殊的创作效果。但另一方面却也使得一些浮夸的盲目追求新异的人,因而取得了一种可以用晦涩艰深来文饰其空虚浅陋的手段。而这时我正在台湾大学讲授杜甫诗,想到杜甫晚年所写的一些凝练精深的七言律诗,如《秋兴》诸作,过去也曾经被某些编写诗史及文学史的人讥讽为"难懂"、"不通",以为这些诗"全无文学价值",这种情形,遂引起了我想要将杜甫诗歌中一些晦涩艰深之作取为例证,来借之对于当日台湾现代诗之得失,以及其在新诗发展中之地位一加探讨的意念,而且以为如果能以杜甫的《秋兴》为例证,对其句法与意象之凝练精深的成就略加分析和说明,不仅可以对于当时在台湾写作现代诗的诗人,提供出一些可资参考的借镜,而且也可以对当日有关现代诗的争论,提供出一些比较公正的看法。像这样的写作动机,其全属于"为人"而并非"为己",自属显然可见。而为了要达到此种"为人"之目的,因此我遂不惜辞费地,对于杜甫诗中七律一体之继承、演进、突破与革建的种种经过,以及《秋兴》诸诗中之句法突破传统与意象超越现实的诸种成就,都曾详细加以叙述,以为如此才可以使人能够明其流变而知所去取。因此关于这篇文字的写作,我所采取的可以说是一种以文学演进之史观,与文学个体之赏析相结合的写作方法。如果把这篇文字之写作的动机与方法,和前一篇《咏花的诗》之写作的动机与方法放在一起来看,则我们便可以发现,无论是自"感性"出发,或是自"知性"出发,也无论是"为己"之作,或是"为人"之作,只要我们想对某一种文学现象做深入的探讨,便自然会形成一种"史观"的需要。因为天下任何事物都没有无本之学,所以在文学的欣赏和批评中,"史观"便自然要占有一个重要的位置,这在我国的文学批评史中,原来也很早就有人注意及之了,即如《诗品》与《文心雕龙》这两部文学批评名著,便都曾表现了明白的"史观",《诗品》之《序》与《文心雕龙》之《时序篇》,固然是其论诗之着重"史观"的极好的例证,而《诗品》之作者钟嵘对各家诗人论评之首标其源流的作法,也足可见到他对于文学之演进与继承之关系的"史观"之重视。因此我在本书《钟嵘诗品》一文中,便曾分别举引过清代之章学诚及近人陈延杰与傅庚生诸人之说,以表明钟嵘的诗论中对于重要的诗人所指出的渊源流派,其"明其流变"、"溯厥师承"之功是不可没的。因为无论是任何作品,都要能将之置于历史演进之长流中,然后方能更正确地认识此一长流之趋势,以及个体的作品在整体中之关系、比例，与其真正之价值。所以我在自己所写的评赏诗歌的文字中，便也经常提出一种"史观"的看法，这正是我所结合的第二种知性的倾向。

其三再就"现代的"方面来谈。要想谈论此一方面之问题，首先我们就需要对"现代的"一词给予一个明确的义界。所谓现代的（modern）这个词语，在欧美文学批评的特殊用语中，其实并不专指历史上的某一时期，也不是近代或当代之意，而是指的自十九世纪末期以来到二十世纪中期，在欧美所发展形成的一种写作的风气。此一风气曾经受有弗洛伊德（S. Freud）与荣格（C. Jung）之心理学，及存在主义哲学（Existentialism）之影响，在内容方面重视意识流与下意识之活动，在表现方面重视象征、联想与暗示的作用。在当时的欧美文坛上，很多诗人、小说家、剧作家都曾在他们的作品中留下过此种影响的痕迹。而当日的文学批评界，也在此种风气之影响下，形成了一种所谓新批评（New Criticism）的学派。此一学派的人物，主要以兰色姆（J. C. Ransom）、泰德（Allen Tate）、沃伦（R. P. Warren）及布鲁克斯（Cleanth Brooks）诸人为主，而所谓"新批评"则主要由于兰色姆之一本著作《新批评》（*The New Criticism*）而得名。他们并没有什么固定的理论体系，而主要是表现对于旧传统的保守的批评的一种反抗，他们反对用文类（genre）、情节（plot）、人物（character）等作为衡量文艺之标准，而主张以细密的方法对文学作品本身取一种客观的研析，他们认为对于文学作品中的语言做精密的探讨，可以发现其所涵容的内在价值和意义。此种批评风气自一九四一年兰色姆之《新批评》一书刊出以后,曾经盛行一时,但究其源流则早在二十世纪二十年代中,英国一些学者的著作如李查兹(I. A. Richards)的《文学批评原理》(*The Principles of Literary Critcism*)及燕卜逊(William Empson)的《多义七式》(*Seven Types of Ambiguity*),以及艾略特(T. S. Eliot)和庞德(Ezra Pound)的一些著作,实在都曾对新批评之形成产生过相当的影响。而在五十年代后期及六十年代初期的台湾,恰好有一些大专学校的师生陆续创办了几种文艺性刊物,如《文学杂志》《现代文学》《剧场》等,对于欧美现代派的作者及新批评的理论,做了不少翻译和介绍的工作,于是台湾便也出现了一股所谓"现代风"的潮流。此所谓"现代"便是兼指前所举之号称"现代"的创作风气与号称"新批评"之文学理论而言的。我当日既是身在台湾,因此便也曾被此种风潮所波及,所以在写作中便也偶或采用一些所谓"现代的"批评理论,即如我在《迦陵谈诗》中《一组易懂而难解的好诗》一文中之谈到诗歌之"多义性"与感情的基型;在《论杜甫七律之演进及其承先启后之成就》一文中之谈到杜甫《秋兴》诸诗之"句法之突破传统"与"意象之超越现实";在《说李义山〈燕台〉四首》一文中之着重诗歌中之意象与用字之感性的分析,并将李商隐的诗与卡夫卡(Franz Kafka)的小说相比较;在《从比较现代的观点看几首中国旧诗》一文中之提出"意象"、"架构"、"质地"三者作为赏析诗歌的标准;在《咏花的诗》一文中之称述两首《落花》诗之"偏重感觉"与"超越现实"

的成就；在《由〈人间词话〉谈到诗歌的欣赏》一文中之提出"欣赏者之联想的自由"，凡此种种可以说都是与欧美的现代派新批评之理论有着相合之处的。不过我在自己作品中所流露的现代观，与台湾当日文坛上的现代风，却又颇有一点不同，首先是台湾的现代风在开始时，大多以年轻人为主，他们所热心的乃是对西方之作品及理论的译介，并在诗歌与小说方面从事创作的尝试。至于如我一样用现代观来评析古典诗歌者，则还极为少见。其后到了六十年代的后期及七十年代的初期，则使用现代观来评析古典诗歌者乃突然盛极一时，于是就有熟识的人同我开玩笑，说我是这种风气的始作俑者，但其实我之偶用现代观来评析一些古典诗歌，与后来一些人之专用现代观来评析古典诗歌的作品，在很多方面都是有所不同的。第一是学习背景的不同，我自己首先要承认，我幼年时所接受的原是完全传统式的旧教育，其后在大学里面所读的也是中文系，因此对于西方的文学理论并没有什么广泛深入的研究，这与一些曾在国外留学专攻英美文学的学者们相比，其学习背景自有很大的不同。其二是方法的不同，精通英美文学理论的学者们，他们常是在心中先有了一套西方的理论模式，然后再选取中国古典诗歌中某些看来性质相近的作品，将之纳入于西方的模式之中，而我的写作则常是先有一种"为己"或"为人"的动机，以自己所要表达的情思意念为主，而并没有什么先入为主的理论盘踞在心。只不过在写作的进行中，也常不免需要些理论的说明，在这种情形下，便有时会发现西方的某些理论观念和批评术语，使用起来颇有方便之处，因此便有时偶或也掇拾一些西方现代的评论写入自己的文字之中。这与那些有心要标举西方理论的做法，当然也有很大的差别。其三是态度的不同，深于西方理论的人，常有先入为主的观念，往往想把西方的理论奉为圭臬；而我自己则因为曾深受中国传统之影响，所以对于西方理论中之与中国传统不尽相合者，便不免要提出异议。即如在西方现代诗论中，艾略特及维姆塞特（W. K. Wimsatt Jr.）诸人所曾提出的"泯除作者个性"（Impersonality）及"作者原意谬论"（Intentional Fallacy）等说法，当日在台湾原也曾颇为盛行，但我在《迦陵谈诗》中《从比较现代的观点看几首中国旧诗》一文中，则虽然也曾引用了一些西方现代的观点，作为评说中国古典诗歌的依据，可是却依然坚持作者之为人与生平，对于诗歌的创作和欣赏有极为重要的关系。以为如果不能深刻正确地认识到陶渊明、杜甫、李商隐三家的性格、为人和遭遇，就难以对他们的诗歌做出深刻正确的了解和评价。又如在《论杜甫七律》一文中，我一方面虽然也曾提出"句法之突破传统"与"意象之超越现实"两点现代的表现手法，以为台湾现代诗的写作也未尝不可以在这方面加以尝试和开拓；但另一方面，我却并不以为中国的诗歌也一定要模仿与西方此种现代表现手法相伴以俱来的那种虚无病态的内容。因此我才举出杜甫的《秋兴》诸诗作为例证，用以说明这两种所谓"现代的"表现手法，在中国古典诗歌中原来不仅是早已有之，而且也可以用之来表现健康博大正常的内容，而不必一定要模仿西方现代诗之虚无与病态。再如我在《一组易懂而难解的好诗》及《由〈人间词话〉谈到诗歌的欣赏》二文中,虽然也曾提出"诗歌之多义性",及"读者联想之自由",与西方现代的诗论也有相合之处,但另一方面我却也常想为所谓"多义"与"联想"加以一种合乎中国传统的正当的规范。因此我在《一组易懂而难解的好诗》一文中,虽也标举"多义",但在解说时却也仍尽量想求其所说之各有依据,而使之不致流为无本之妄言,而在《由〈人间词话〉谈到诗歌的欣赏》一文中,虽也标举"读者联想之自由",却同时也提出了在《人间词话》中凡以联想立论之处,都隐然有一个"通古今而观之"的"不离其宗的途径"。凡此种种,都足以说明我虽然也引用西方现代之诗论,来赏析中国古典之诗歌,然而却并未曾使之成为夺主之喧宾,而是欲使之为我所用,成为我在表达自己之情思意念时的一种便于使用的方式,因为西方之长于思辨的理论与精密的批评术语,确实有值得采用参考之处,所以我在自己的写作中,便也经常引用一些现代的理论和术语,这是我所结合的第三种知性的倾向。

从上面所叙写的我在评赏中国古典诗歌时所结合的三种知性的倾向来看,前二种所谓"传记的"与"史观的"论点,自然应该是属于中国传统诗论中早已有之的旧观念,而所谓"现代的"论点,则应是属于西方诗论中的新观念,但其实这种区分只不过是外表的区分而已,因为事实上我对古典诗歌的评赏,一向原是以自己真诚之感受为主的,无论中西新旧的理论,我都仅只是择其所需而取之,然后再将之加以我个人之融会结合的运用，即如对于所谓"传记的"知性的资料，我便既不赞成中国旧传统之以"人"之价值来取代或影响"诗"之价值的批评标准，同时也不同意西方新批评之"泯除作者个性"及"作者原意谬论"等将写诗之"人"完全抹煞的看法，我所提出的评赏方式是要从"人"的性格背景，来探讨"诗"中"能感之"的一种重要的质素，从而对诗歌本身做出更为深刻也更为正确的了解和分析。又如对于所谓"史观的"知性的资料，我也并非仅做知识的历史性的叙述和整理，也并非对作家之传承做推断之专指，我所要做的是想对诗歌之内容情意与表现方式，也就是对诗歌中"能感之"的因素，与"能写之"的因素，加以较具系统的整理，将这些因素在中国古典诗歌中之运用及表现做一种历史性的观察，希望能从而看出一种如何发展演进的迹象。再如对于所谓"现代的"知性的资料，则我之所取更是但择其合于我之所需要者而已，此一点在前文中已曾论及，兹不再述。另外我在此想略做补充说明者，则是我对西方文学理论所持有的一种求同存异的态度。我以为如果就人类所共有的基本心性言之，则中西之文学原有可以相通之处；但如果就社会、历史、风俗习惯及文学之传统言之，则中西自然也有许多相异之点，我们既不可坚持古老之传统故步自封拒人于千里之外，也不可迷信西方之理论俯仰随人为削足取容之举。即以前文所曾述及之西方新批评中之"泯除作者个性"与"作者原意谬论"诸说而言，这些理论用之于评赏中国之古典诗歌，就未免有不尽相合之处。这主要是因为中西方所谓诗歌之范畴及写作之传统，原来就有不尽相同之处的缘故。西方之所谓诗歌（poetry），在西方古代传统中原是兼指史诗与戏剧而言的，其内容所叙写自然不必与作者之性格生平有什么密切的关系；而中国之古典诗歌则在传统中原是以言志抒情为主的，则作者之性格生平自然与其作品之结合有密切之关系。而且以写作之态度及方式而言，西方之诗歌似乎更重视理性之安排与设计，而中国之古典诗歌则似乎更重视内心直接之感发。中西方之诗歌既在范畴与写作传统中有如此种种之差别，因此针对西方之作品所形成的西方之诗论，自然有时就不能完全适用于中国古典诗歌之评赏，这一点当然是应该认识清楚的。但另外一方面则西方诗论中之所谓意象、联想、结构、字质等，则都是属于诗歌中之"能写之"的重要因素，这些因素原为古今中外一切诗歌之所同具，即如在中国传统文学批评中所曾涉及的神思、气骨、格韵诸说，便都与文学中这些"能写之"的因素有着密切的关系，只不过中国的一些批评术语常过于主观抽象，缺少客观理论的分析和说明。因此在评赏诗歌时，如果能确实认知中西方之诗歌在本质上的一些可以相通之处，偶尔选择一些适当的西方之理论和术语，在立说方面便也有不少方便之处。不过有一些迷信西方术语的人，对于诗歌之本身并没有什么真知灼见，却喜欢搬弄西方之术语，以自标新异为能事，有时就不免会流于虚妄和谬误了，这其间的选择与衡量之分寸实在极为重要，这一点自然也是应该认识清楚的。总之，我个人说诗之方式虽然结合有各种不同的知性的倾向，但基本上却可以说仍是以自己之感受和体会为主的，这实在也并非是我一己之偏好，而是因为中国的古典诗歌也原来就是以感发之生命为主要之质素的缘故。所以我对于知性的资料，一向都是采取兼容并蓄的态度，只求其为我所用，而并不愿为古今中外任何一种理论学说所拘缚；至于在感性的赏析方面，我所重视的则是想通过对于诗歌中"能感之"与"能写之"诸种因素的分析，而对于诗歌中感发生命之质量及其获致与传达此种生命的经过和效果，都能有更深的体会和了解。不过因为我这些文字的写作的时间地点不同，"为己"或"为人"的动机也不同，因此我在每篇文字中所结合的感性与知性的成分便也各有不同。一般而言，其感性成分之较多者，大约便较易于将诗歌中感发之生命做出更好的传达，而且可以在读者间引起一种生生不已的感动的效果，而其缺点则在于缺少知性的考证辨析的依据；至于知性成分较多者，则在考证辨析方面虽可以做出更细密的推论，但却有时又不免反而斫丧了诗歌中感发生命之生生不已的生机。昔庄子曾以浑沌为喻，以为七窍凿而浑沌死，因此所谓感性的欣赏，有时就要求欣赏者需要保持一种浑然完整之生气。我个人回顾自己过去的作品，便也常感到七窍之凿与浑沌之生往往有难以并存之势。如何能够做到七窍虽凿而浑沌不死，使古今中外的知性资料都能在七窍之凿中效其妙用，而却仍能护持诗歌中感发之生命，使之在读者之感受中不仅不受到斫丧，而且能得到更活泼更完美之传达和滋长，这正是我过去所尝试的途径与今后所追求的理想。

以上是我对于《迦陵谈诗》及本书中所收录的各篇文稿之内容性质，以及我自己写作之方式，所做的一点分析和检讨。下面我还想再简单地做几点补充说明：其一是我在《咏花的诗》一文中，曾经将陈宝琛所写的两首《落花》诗误认为王国维之作，发现错误后我当时立即写了《由〈人间词话〉谈到诗歌的欣赏》一文，在文中便已曾对此一错误加以声明。但是后来在将《咏花的诗》一文收入《迦陵谈诗》一书中时，我对原文中之错误，却并未曾加以改写，只不过将《谈诗歌的欣赏》一文仍然附在后面而已。我之将一篇有错误的文字屡次收入，其所以然者，主要是我以为在《咏花的诗》一文中，所讨论的"心""物"相感的关系，以及中国古典诗歌中情思与技巧之发展演进的过程，都是一些颇为重要的问题。而《落花》二诗作者姓名之误植，则对于该文中所讨论的主要意旨并无重大之影响，因此便在收入之时未加改写。而且我既然已经在《谈诗歌的欣赏》一文中说明了此一错误，则同时将此一错误诚实地加以保留，不做遮掩隐藏之举，则或者也尚不失古人所谓"君子之过如日月之食，其过也人皆见之"的遗意。其二我要加以补充说明的是在《谈诗歌的欣赏》一文中，我对"境界"一词，曾经解释为"具体而真切的意象之感受"与"具体而真切的意象的表达"，这实在是我当时对于"境界"一词之最初步的了解，其后我在《对〈人间词话〉中境界一词之义界的探讨》一文中，又曾由"境界"一词之出处及训诂各方面考证，以为"境界"乃是以"感觉经验"

为主的,"境界之产生全赖吾人感受之作用,境界之存在全在吾人感受之所及",因此外在世界在未经过吾人感受之功能而予以再现时,并不得称之为"境界"(请参看拙著《迦陵论词丛稿》中所收录之此一篇文稿)。这种说法主要是根据"境界"一词的佛典之出处而言的。其后我又偶然读到一些有关西方哲学中现象学派之论著,发现与"境界"之说也颇可互相参考。现象学(Phenomenology)最早兴起于十九世纪末期的欧洲,胡塞尔(Husserl)、海德格尔(Heidegger)、萨特(Sartre)、梅洛庞蒂(Merleau-Ponty)诸人之学说,都与此一学派有着重要的影响和关系,而近年来欧美文学批评界也因为受到此一学派之影响,形成了一种所谓现象学的文学批评成为结构主义以外之另一重要思潮。如英伽登(Ingarden)及杜夫海纳(Dufrenne)等人,便都是此一批评思潮中之重要作者。现象学派的主张是重视意识(consciousness)对客体(object)之经验,以为任何客体纵使存在于时空之间,但若不经由意识之感知,则不能产生任何意义。这种说法与我为"境界"一词所下的义界实在极为相近。此一相近之情形,最足以证明我在前文所说的,就人类基本之心性言之,则中西方原有可以相通之处。前几年台湾刊物中曾有人为文批评王国维之"境界"说,以为并无新意,而近来又有人为文介绍西方现象学之说以为新潮。其实王国维之长处便正在于其能以自己之博学深思直悟一种最基本最重要的文学中之义理,而并无待于借用西方新异之说方以为高也。不过另一方面则我们当然也不得不承认西方理论之细密，确实有足供参考互证之处，因此我愿在此对王国维《人间词话》所提出的"境界"之为义，再做此简单之补充说明，以为东西方之文学批评可以有会通之处的又一例证。其三我要加以说明的是，《迦陵谈诗》及本书中所收录的各篇文稿，其注释之有无详略颇不一致，造成此种情形的原因，主要是由于写作态度与写作环境都有所不同的关系。我开始从事于写作评赏诗歌之文字，盖正当我经历过一段忧患生活之后。当时我们全家初从台湾南部迁来台北，我所有的书籍既都在忧患流转之中遗失，居住的地方也极为狭隘，在一幢与别人合住的日式宿舍中，我与外子及两个女儿只有一间六席的卧室，放了一张双人床及一张上下两层的窄竹床，便再没有空地可以放桌子，只好把一张像学生课桌大小的桌子放在走廊，我坐的椅子前面两条腿放在走廊地板上，后面两条腿就落在卧室的草席上。在这种环境中，各种条件都不允许我在写作时做博览详察的参考，而在心情方面我也并没有什么想要著书立说的伟愿，只不过因为有些杂志向我索稿，我便也偶然借机抒写一些读诗的心得感想而已，我在前文所提到的那些属于感性的为己之作，大概就都是此一时期的作品，而这些作品大都是没有任何注释的。其后我来到国外，既为了在学术界谋生的需要，也为了想到传承的责任，加之又有了很方便的阅读环境，因此才开始写作比较严肃的论文，我在前文所提到的那些属于理性的为人之作，大概就都是此一时期的作品，而这些作品则大多是附有详细之注释的。如果用庄子所说过的"鱼"与"筌"来做比喻，那么我可以说我以前所写的那些为己之作，只是我自己得鱼之后的品味和欣喜，至于捉鱼的筌或网，则早已不知遗忘何所了；而后来所写的一些为人之作，则不仅是自己有心要编织出一具精密的筌或网来供捉鱼之用，而且还想借此来提供给年轻人一些捉鱼的方法。这便是二书中所收录的文稿其注释之有无与多少颇不一致的主要原因。本来也曾有朋友劝我把一些文稿补加注释，以求其整齐划一，但我以为不同之体式既可以表现不同之风格，而且也可以反映我过去写作时不同之态度与环境，一加补充及改订，或者反不免有失真之虞，遂决定全部一仍其旧，而不复作画蛇添足之举，谨在此略做说明，希望能得到读者们的谅解。

一九八二年十二月卅一日午夜写毕于温哥华

叶嘉莹作品精选

我亲自体会到了古典诗歌里面美好、高洁的世界,我希望能为年轻人打开一扇门,让大家能走进去,把不懂诗的人接引到里面来。岁月不居,时节如流,只有内在的精神和文化方面的美,才是永恒的……

——叶嘉莹

《迦陵谈词》

叶嘉莹第一本谈词的书。从王国维《人间词话》的三种境界谈起,继而赏析温庭筠、韦庄、冯延巳、李后主、晏殊和吴梦窗等各位词人的风格特色。作者素养丰厚,所书所论均为读词时真正的心得和感动,以诗词解读生命,用生命感悟诗词。

《清词选讲》

词的微妙,在于它有一种特别的美学特质,即以曲折深隐、富于言外之意为美,以引发读者的很多联想为好。而清朝正是词的复兴时代,借这种深婉曲折的文体,"道出贤人君子幽约怨悱,不能自言之情"。全书涉及清代词人十余位,从时代背景、生活际遇、个人性格、才华短长等诸方面,带领读者一起,邂逅最美的清词,欣赏清词的美好。

《红蕖留梦:叶嘉莹谈诗忆往》

叶嘉莹第一本口述传记,在"谈诗忆往"之间,对自己一生的诗词创作、学术研究、人生经历和师友交游做了细致的梳理和深入的叙述。作者一生与古典诗词绵密交会,她不仅以古典诗词为业,更在古典诗词中所蕴含的感发生命与人生智慧的支撑下渡过了种种忧患与挫折。

叶嘉莹作品精选

诗与词不同,诗是要言志的。诗既然要表现自己的情志,那么你的内心首先就要真的有一种"摇荡性情"的感动。所谓"情动于中",那个"动"字是最重要的。

——叶嘉莹

《迦陵谈诗》

叶嘉莹第一本谈诗的书,随处可见作者细密的诗情与诗心,对诗的独到见解和深刻体会。诗歌最重要的,是感发生命之本质,而不仅仅是其中的知识和文字。对诗歌的评赏,当以其所传达之感发生命的浅深薄厚为标准,评论者则当于知性与感性的结合中,以引发读者达至生生不已的感动为要务。

《迦陵谈诗二集》

《迦陵谈诗》的姊妹篇,同为叶嘉莹研究中国诗歌多年的心得,书中可见作者从主观到客观,从感性到知性,从欣赏到理论,从为己到为人的赏诗历程。书后有"后叙"长文,总结"谈诗"的脉络之外,亦总结了自己感性阶段之外知性的三方向:传记的,史观的,现代的——无论哪个面向,均服务于自己真诚的感受。

《好诗共欣赏:陶渊明、杜甫、李商隐三家诗讲录》

撷取陶渊明、杜甫、李商隐三位诗人的诗作,从物象、心境、结构等角度切入,带领读者贴近作家的生命历程,体会诗作的美感特质。书中三位诗人的诗作特点不同,带有不同性质不同形式的丰美的感发作用,但都同样具有感动人心的效果,都是"真正的好诗"。